사람에게서도 향기가 난다

정건섭

이 잠언집을 엮은 정건섭은 소설가로, 다른 설명이 필요 없는 정통파 추리소설의 국내 1인자. 그간 50여 권의 소설을 발표하였지만 아직 독자들에게 잘 알려지지 않은 부분이 있다. 평생 종교에 관심이 많아 가톨릭, 개신교, 불교를 두루두루 섭렵하였다. 가톨릭 테마 장편소설 『성모 마리아 지옥에 가다』가 있고, 개신교의 종말론을 연구한 『종말은 예언처럼 오는가』가 있으며, 현대 불교 단편소설 〈암자로 가는 길〉을 발표하였다. 그리고 이번에 '석송 스님'의 잠언을 엮은 『사람에게서도 향기가 난다』를 내놓는다. 내년에는 '禪詩集'을 선보일 준비를 하고 있고, 오래 전부터 준비한 '神'의 문제를 다룰 소설을 내놓는다. 이를 위해 예루살렘과 이집트를 여행중에 있다.

사람에게서도 향기가 난다
석　송 잠언집

초판 인쇄 | 2007년 12월 10일
초판 발행 | 2007년 12월 15일

지은이 | 석　송
엮은이 | 정건섭
펴낸이 | 신현운
펴는곳 | 연인M&B
디자인 | 이희정
기　획 | 여인화
등　록 | 2000년 3월 7일 제2-3037호
주　소 | 143-874 서울특별시 광진구 자양동 680-25호(2층)
전　화 | (02)455-3987, 3437-5975 팩스 | (02)3437-5975
홈주소 | www.yeoninmb.co.kr
이메일 | yeonin7@hanmail.net

값 10,000원

ⓒ 석　송　2007 Printed in Korea

ISBN 89-89154-91-4-03810

사람에게서도
향기가 난다

석 송 잠언집
정건섭 엮음

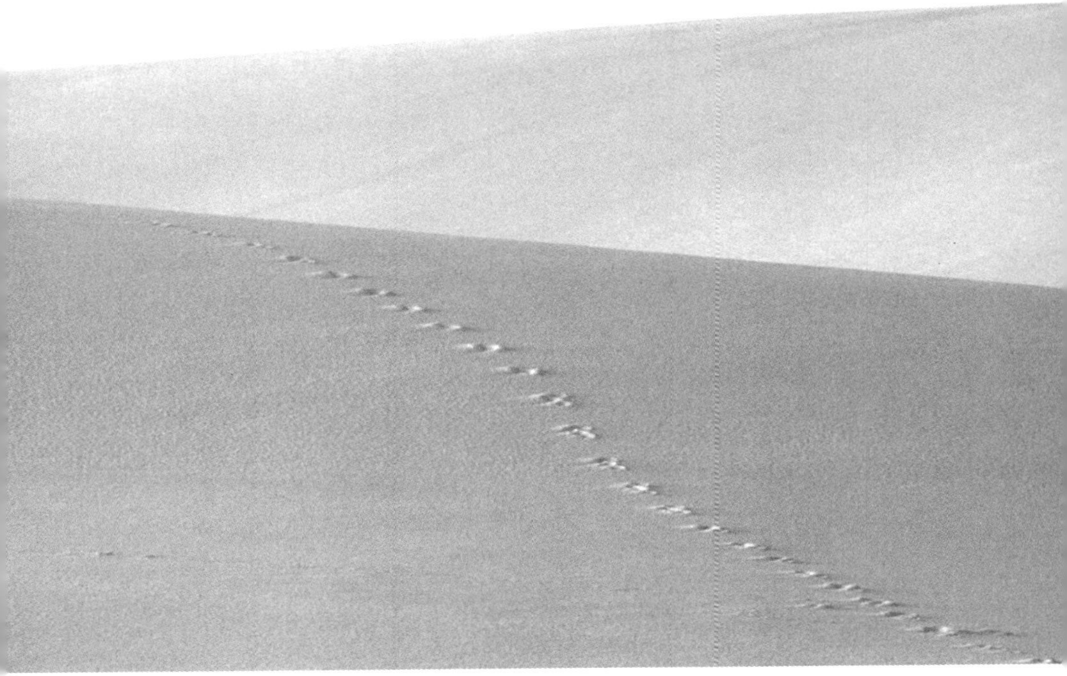

연인 M&B

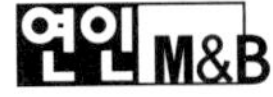

　일반적으로 불교는 '접하기 어려운 종교' 혹은 '알기 어려운 종교'로 알려져 있습니다. 특히 고승(高僧)의 선문답(禪問答)은 어지간한 전문가도 이해하기 어려운 부분이 많아 불교를 접하기 힘들어 합니다.

　이에 누구나 이해하기 쉽고, 소설처럼 재미있으며 불교적 정서에 쉽게 젖을 수 있는 〈사람에게서도 향기가 난다〉를 출간하게 되었습니다. 여기에 수록된 것은 불교의 본질을 찾는데 큰 도움이 될 것이며 기복신앙의 오해를 벗어나 자아 완성에 이르는 길의 첫걸음이 될 것이라 믿습니다.

　제목을 〈사람에게서도 향기가 난다〉로 정한 것은, 어디서 이 책을 읽든, 일단 손에 잡으면 산사에서 하룻밤을 보내는 그런 서정적인 감정에 빠지게 되기를 바라는 마음과 자기 자신을 뒤돌아보며 우리 주위 사람들을 한번 더 돌아보라는 뜻에서입니다.

　조용하고 깊은 밤 서재에서든, 복잡한 지하철에서든, 가까운 여행지에서든 편하게 첫 페이지를 여시기 바랍니다. 생활 속에서 불교를 만나십시오. 불심(佛心)이 여러분과 함께할 것입니다.

2007년 11월 20일
석송, 정건섭 합장(合掌)

| 차례 |

序詩

근심 걱정 없는 사람 누군고
출세하기 싫은 사람 누군고
시기 질투 없는 사람 누군고

가난하다 서러워 말고
장애를 가졌다 기죽지 말고
못 배웠다 주눅 들지 마소

가진 것 많다 유세 떨지 말고
건강하다 큰소리치지 말고
명예 얻었다 목에 힘주지 마소

잠시 잠깐 다니러 온 이 세상
있고 없음을 편 가르지 말고
얼기설기 어우러져 살다나 가세

다 바람 같은 것이라오
뭘 그리 고민하시오

만남의 기쁨이건 이별의 슬픔이건
다 한순간이라오

사랑이 아무리 깊어도 산들바람이고
오해가 아무리 커도 비바람이라오
외로움이 아무리 지독해도 눈보라일 뿐이오

폭풍이 아무리 세다 해도 지난 뒤엔 고요하듯
아무리 지극한 사연도 지난 뒤엔
쓸쓸한 바람만 맴돈다오

버릴 것은 버려야지
내 것 아닌 걸 가지고 있으면 무엇하리오
줄 게 있으면 줘야지 가지고 있으면 뭐하나

삶도 내 것이라 하지 마소
잠시 머물다 가는 것일 뿐인데

묶어둔다고 그냥 있겠소
그저 부질없는 욕심일 뿐

삶에 억눌려 허리 한번 못 펴고
인생 계급장 이마에 붙이고
뭐 그리 잘났다고 남의 것 탐내시오

훤한 대낮이 있으면 캄캄한 밤하늘도 있지 않소
기쁜 표정 짓는다 하여
모든 게 기쁜 것만은 아니라오

바람처럼 구름처럼 흐르고 불다 보면
때론 멈추기도 하지요

삶이란 한 조각 구름이 일어남이오
죽음이란 한 조각 구름이 스러짐이니
구름은 본시 실체가 없는 것

죽고, 살고, 오고 감이 모두 그와 같도다.

(작자 미상)

집을 짓듯 서두르지 않고

본시 바람처럼 한곳에 머무르지 못하는 성격이다 보니 널찍한 등에 바랑 하나 짊어지고 거렁뱅이 구걸 다니듯 여기저기 떠돌아다녔습니다. 때로는 비바람 맞기도 하고 또 때로는 눈보라 맞기도 하지만, 퇴색한 바랑에 부처님 하나 짊어지고 다니니 이처럼 행복할 수가 없었습니다. 찬바람에 업 하나 소멸시키고 내리붓는 빗줄기에 업 하나 흘려보내며 산천을 떠돌아다녔습니다.

한때 돈을 모으기로 작정을 하고 손바닥이 부르트고 발가락에 피가 나도록 일도 했습니다. 배움이 적으니 돈이라도 모으자고 악착같이 일했습니다. 그러나 사람의 마음이란 본디 그 욕망을 다 채우지 못하는 법, 굶기를 밥 먹듯 하던 평생 처음 내 주머니의 돈이 제법 묵직해졌지만 아― 그러나 아무리 채워도 채워지지 않는 게 있다는 것을 알게 되었습니다.

처음엔 그것이 무엇인지 그 정체를 알 수 없었습니다. 무엇이 내게 부족함을 느끼게 하는지 무엇이 나를 허전하게 하는지 도저히 알 길이 없었습니다. 장가를 갈까 생각도 해 보았지만 그런다고 가슴에 비어 있는 한구석이 메워질 이치가 없다는 것도 알았습니다.

나의 방황은 이렇게 시작되었습니다.

그렇게 떠돌다 어느 사찰에서 한 스님을 만나 스승으로 모시게 되었습니다. 부처를 배우기 시작한 것입니다.

처음 배우는 것이 부처가 계신 곳이 어디인가를 아는 것이었습니다. 부처는 어디 있는 것일까? 이것을 깨달으면 부처의 절반은 아는 것이라고 하셨습니다.

절간의 황금부처에도 실은 부처가 없고 웅장한 대웅전에도 실은 부처가 없다고 하셨습니다. 황금부처나 대웅전 사찰은 부처님을 모시는 자리이긴 하지만 그 자체가 부처는 아니라고 하셨습니다.

나에게는 새로운 질문이 생긴 것입니다. 인생이 무엇인가. 내게 늘 부족한 그것이 무엇인가? 그 질문의 답을 얻으려 스승을 찾았지만 그 스님은 또 다른 질문을 내게 주신 것입니다. 짐을 벗으러 왔다가 더 큰 짐을 얻어 짊어지게 된 것입니다.

어느 정도 세월이 흐르고 훌쩍 나이가 들었지만 그때까지도 나는 부처가 있는 곳을 깨닫지 못하였습니다. 불상에도 없고 사찰에도 없다면 도대체 어디 가서 부처를 찾는다는 말인가. 설법(設法)을 듣고

공양을 하고 서적을 읽고 사색을 하고 명상을 하며 깨우치는 것도 적
지는 않았습니다만 그러나 부처의 행방은 도저히 찾을 길이 없었습
니다.

이래서 다시 방황은 시작되었습니다.

그러나 옛날 방황과는 사뭇 달랐습니다. 전에는 목적 없이 그냥 돌
아다니는 방황이었지만 지금 방황은 부처를 찾는 방황이었습니다. 어
디선가 꼭 부처를 찾을 것만 같았고 또 반드시 내 꿈을 이룰 수 있을
것만 같았습니다.

그렇게 적지 않은 세월을 방황으로 보냈습니다만 나는 그 어느 곳
에서도 부처를 찾을 수 없어 절망하고 있었습니다. 그리고 마침내 어
딘가 정착하고 싶었습니다. 부처를 찾는 게 절대 쉽지 않다는 것을 깨
달으며 이제는 정착해서 수련을 쌓아가며 부처를 찾기로 작정한 것입
니다.

충남 계룡산 산기슭에 암자를 짓고 수련을 하자고 마음먹었습니다.
하지만 작은 암자라도 짓는다는 게 얼마나 어려운 일인지 미처 알지
못하였습니다.

손으로 직접 흙벽돌을 만들어야 하고 전신주 같은 통나무를 직접
사 날라야 했습니다. 팔이 붓고 어깨에 상처가 생겨도 일을 멈출 수는
없었습니다. 하루라도 빨리 암자를 지어 수련에 정진하고 부처를 만
나는 일이 다급했기 때문입니다.

그해 여름이었습니다. 다행히도 가뭄이 이어져 하루 종일 끊어질

듯 아픈 몸을 이끌고 흙벽돌을 만들어 쌓아놓았습니다. 쌓여 있는 벽돌들을 바라보면 그 피곤하던 몸이 기쁨으로 넘쳐 가볍기 짝이 없습니다. 재벌도 부자도 부럽지 않았습니다.

흙벽돌을 바라보는 마음의 기쁨을 누가 알겠습니까? 돈으로 치면 몇 푼 안 되겠지만 그 흙벽돌은 나의 전부였습니다. 땀과 정성과 노력이 깃든 나의 혼이었습니다.

그리고 그 벽돌은 내게 성취감이라는 행복을 주었습니다. 정말 행복한 순간이었습니다. 그 작은 행복이 나에게는 나의 전부였습니다. 그런 행복감을 만끽하며 숙소로 돌아왔습니다.

그러나 몸은 마음과 달리 녹초가 되었습니다. 천근만근 무겁고 눈은 쇳덩이처럼 무거워 숙소로 돌아오기가 무섭게 잠에 취해 버렸습니다. 정말 누가 업어 가도 모를 만큼 잠에 취해 있었습니다. 나는 꿈결에 빗소리 같은 것을 들었습니다. 비 오는 소리인지 무슨 소리인지도 모른 채 꿈결 아득히 들려왔지만 나는 잠에서 깨어날 수 없었습니다. 너무나 피곤했기 때문입니다.

그런데 문제는 아침에 일어났습니다. 밤새도록 폭우가 쏟아진 것입니다. 나는 화들짝 놀라 흙벽돌 쌓아놓은 곳으로 달려갔습니다. 거기 쌓아놓은 흙벽돌은 간곳없고 진흙덩이만 뭉개진 채 질퍽이고 있었습니다. 폭우에 그만 쓸려 가버린 것입니다. 눈물도 나오지 않았습니다. 절망과 분노도 일어나지 않았습니다. 망연자실한 것입니다.

“부처님도 너무하시지…….”

나는 나의 노력과 행복을 한순간에 날려버린 하늘과 이를 지켜주지 않으신 부처님에게 원망을 퍼부었습니다. 참으로 무심한 부처님이라며 원망한 것입니다.

절망으로 머리를 떨군 채 아직도 그치지 않은 빗줄기를 맞으며 터벅터벅 숙소로 돌아왔습니다. 모셔놓은 불상도 바라보지 않고 개어놓지도 않은 이불 위에 몸을 던지고 하염없이 눈물을 흘렸습니다.

잠시 눈물을 멈추었는데 그때 눈에 들어오는 것이 있었습니다. 모셔놓은 불상의 부처님 미소였습니다. 여전히 웃고 계시는 것이었습니다.

"아차—!"

나는 소스라쳐 놀라 자리에서 일어나 합장을 하며 이번에는 참회의 눈물을 흘렸습니다. 비로소 깨달은 것입니다. 이 정도의 시련으로 좌절하다니…… 이 정도의 어려움도 이겨내지 못하고 어찌 부처를 찾을 수 있다는 말인가? 얼마나 내가 어리석어 보였으면 부처께서 미소까지 지으실까?

처음에는 부처님 미소가 비웃는 미소로 보였는데 이제는 깨달음을 얻었다는 기쁨의 미소로 보였습니다.

암자 한 채 짓기도 이리 어렵거늘 하물며 부처를 만나는 일이 그리 쉬운 일이겠는가?

주춧돌을 놓고 기둥을 세우고 넉가래를 올려놓고 흙벽돌로 벽을 만들고 지붕을 덮고…… 그렇게 하나하나 정성을 다해 쌓아가야 비로소 튼튼한 암자 하나를 지을 수 있습니다. 그런데 벽돌 만드는데서부터 좌절한 것입니다.

부처께서 훈계를 주시기 위해 비를 뿌려댄 것입니다.

"단숨에 성공하려 들지 마라. 고생 없이 성취한 것이 무슨 보람이 있겠느냐? 좌절 없이 어찌 성공의 먼 길을 달려가려 하느냐. 서두르지 마라, 그렇다고 쉬지도 마라. 끊임없이 정진하면 너도 부처를 만날 수 있느니라."

불상의 부처는 미소로 나의 등을 어루만져 주었습니다.

그리고 나는 비로소 눈물을 거두고 함께 미소 지었습니다.

"정성을 다해 그러나 서두르지 않고 절망하지 않고 암자를 짓고 말겠습니다."

그런데 나는 언제나 부처님을 만날 수 있는가 여전히 암담하기만 했습니다.

한순간에 만난 부처

흙벽돌 사건이 있던 무렵 전국은 찜통더위와 가뭄으로 시달리고 있었습니다. 그러나 비가 쏟아지면서 가뭄도 해소되고 더위도 한결 가셔졌습니다. 나는 다시 벽돌을 만들기 위해 흙을 져 나르고 몇 장정들을 고용하여 작업을 서둘렀습니다. 날이 좋을 때 조금이라도 더 일을 하자는 뜻이었습니다.

인부들이 올해는 농사가 잘될 것이라며 좋아했습니다.

"이번에 비가 안 왔으면 올 농사 망칠 뻔했어—"

"그러게 말이야 하늘이 고맙지!"

나는 무심코 이 대화를 듣다가 기겁을 하며 놀랐습니다.

이번 비가 내 자신에게는 엄청 피해를 준 셈이 되었기 때문입니다.

그런데 그렇게 큰 피해를 주었던 비가 온 국민에게는 꿀처럼 단비였기 때문입니다. 나는 나 혼자만을 생각했던 것입니다. 내 욕심만 생각했던 것입니다. 그렇다면 나는 지금까지 해 온 나의 수행이 전부 헛것이 되었다는 말입니다. 이 작은 깨달음도 몰랐던 멍청이니까요.

나에게는 나의 비가 있었고 농민에게는 농민의 비가 있었던 것입니다. 이리 생각하면 이번 비는 이런 비였고, 저리 생각하면 저런 비였다는 깨달음이었습니다.

나는 그 순간 흙벽돌이 무너지던 아침의 부처 미소가 기억에 떠올랐습니다. 한순간 비웃음으로 보이던 그 미소가 또 한순간 깨달음을 얻었다는 만족감의 미소로 보였던 그 미소의 비밀 말입니다.

내게는 한없이 원망스러웠던 비가 농민에게는 한없이 고마운 비였으니…… 또 나를 향한 비웃는 듯하던 미소가 한순간 돌변하여 인자한 미소로 바뀌다니…… 도대체 이 현상을 무엇으로 표현할 수 있겠는가? 그렇습니다. 내게는 나의 비가 있고 농민에게는 농민의 비가 있듯 삼라만상 모든 이치의 원천은 내 자신에게 있는 것이었습니다. 생각의 꼬리는 꼬리를 물고 이어졌습니다. 그리고 나의 우주의 중심은 내게 있다는 쉬운 원리가 생각났습니다.

그렇다면 우주의 진리는 어디 있는가? ─내 중심에 있다! 그렇다!

나는 무릎을 쳤습니다. 부처는 어디 있는가? ─내 안에 부처가 있다!

내가 부처도 될 수 있고 마귀도 될 수 있으니 모두가 내 마음에 달린 게 아닌가?

내 안에 부처를 두고 지금까지 부처를 만나기 위해 헤매고 다녔으니 천하에 이런 바보가 또 있단 말인가?

재가승려(在家僧侶) 부대사의 노래에 이런 게 있습니다.

밤마다 부처 안고 잠자리 들며

아침마다 그와 더불어 일어난다네

부처님 계신 곳 알고자 하는가?

말하고 입 다물고 움직이고 가만 있는 곳

거기가 바로 부처 있는 곳이니라.

그런데 문제는 그것으로 끝나지 않았습니다.

부처가 있는 곳은 내 속이 맞는데 나의 부처는 어떤 모습일까? 애석하게도 아무리 곰곰 생각해도 내 안의 부처는 아직 부처라 할 만한 모습을 갖추지 못하고 있는 게 분명했습니다. 어리석고 욕심 많고 고집 세고 뭔가 바쁘기만한 그런 덜 그려진 미완성의 부처였습니다. 이제 그 그림을 완성시켜야 할 과제가 남았습니다.

아— 또다시 그리고 가장 어려운 숙제 하나가 또 성긴 것입니다.

그때 옛날 어릴 때 스승께서 스쳐가며 하신 말씀이 문득 기억에 떠올랐습니다.

"부처는 먼 데 있는 게 아니니라."

내 안의 부처를 완성시키기

이런 말씀 드리면 참으로 의아하게 생각할지 모르겠습니다. 저는 부처를 믿지 않습니다. 눈치 빠른 분이시라면 이미 눈치 챘을지도 모릅니다. 사바세상과 인연을 끊자고 머리부터 잘랐습니다. 그리고 불교에 귀의했습니다. 배운 것이 작지만 있는 힘을 다해 깨달음을 얻으려 노력했습니다. 글 쓰는 게 좋아 암자에 처박혀 글도 엄청 썼고 이것저것 생각도 많이 해 봤습니다.

그렇게 몸부림치며 부처를 만나려 노력하다가 어줍지 않은 곳에서 부처를 만나기도 했습니다. 이미 말씀 드린 대로 이제 할 일은 내 속에 있는 나의 부처를 완성시키는 일입니다.

나는 붓다의 그 한량없는 가르침의 깊이와 무한히 남아 있는 깨달음의 바다에서 내 안의 부처를 완성시키기로 하였습니다.

부처는 믿는 것이 아니라 부처가 되어 가야 한다고 믿고 있는 사람입니다. 건방진 소리 같아 보일지도 모르나 그게 사실이라고 믿고 있습니다.

부처님은 엄청난 가르침을 통해 우리를 구제하시려 했습니다. 그러나 가르침만으로 구제되는 것이 아님을 부처님은 너무나 잘 알고 계셨습니다. 스스로 깨닫는 자가 되어야 하고 스스로 구도의 길을 걸어야 한다는 것을 부처님은 너무나 잘 알고 계셨습니다. 그분 스스로 그런 길을 걸었기 때문에 우리는 부처님의 생각을 잘 알 수 있습니다.

이른 새벽 불상 앞에 향을 피우고 불경을 외고 목탁을 두드리는 것은 부처를 향한 절대적 존경심의 발로이며 또한 내 자신의 정결함을 지키려는 몸부림인지도 모르겠습니다. 그러나 그런 행위로만은 불자가 될 수 없습니다. 부처에게 공양한다는 것은 자신의 겸허이며 감사의 마음을 전하는 것입니다.

하지만 부처는 우리에게 아무것도 원하는 것이 없습니다. 우리가 무엇을 해 드리는 것을 원하지 않습니다. 부처는 하늘이며 바다입니다. 하늘은 하늘에 나는 새를 품어 마음껏 날아다니게 하지만 새에게 원하는 것은 없습니다. 바다는 물고기들을 품어 마음껏 헤엄치게 하지만 물고기에게 바라는 것이 없습니다.

그게 부처입니다. 하지만 우리는 감사해야 합니다. 업보(業報)에서 풀려나는 길(道)을 제시하신 보답을 해야 합니다. 그 보답의 길은 우리가 해탈로서 부처가 되는 길 뿐입니다.

나는 부처를 믿는 대신 부처가 되기 위해 정진하려 합니다.

암자가 완성되었고 이제는 조촐한 법당도 만들었습니다.

법당에 불상을 모셨지만 그 불상은 부처가 아니라 부처가 되고자 하는 우리 불자들 모두의 미래 얼굴입니다. 부처께서 원하셨던 바 중생 모두가 부처가 되는 날, 모두가 해탈로 살아서 열반에 오르는 날을 위해 우리는 내 안의 부처에게 머리 숙여 공경해야 합니다.

어느 종교에서는 법당의 부처에게 엎드려 절한다 하여 '우상 섬기기'라고도 합니다. 그러나 그건 잘 몰라서 하시는 말씀 같습니다. 불상에 절하는 건, 자비를 바라고 부처가 되기 위한 염원의 표시이며 존경과 흠모의 표현일 뿐입니다.

나는 불자와 부처가 되고자 하는 모든 사람을 위해 이 법당을 개방
하고자 합니다.

이 세상에 태어난 것은 내가 원해서 태어난 것이 아니고 세상에 태
어났다가 고통스러운 죽음을 맞는 것도 내가 원해서 이뤄지는 게 아
닙니다. 모두가 업보이며 운명입니다. 살아 있는 것은 한없이 부질없
고 허망하다는 것을 우리는 잘 압니다.

대기업 총수였으며 고위직 공무원까지 지내신 어떤 분이 세상이 허
망하다며 한강에 투신자살하셨습니다. 그분의 그 허허로움을 우리는
깊이 생각해야 합니다.

천하재벌 정주영 회장도, 절대 권력자 박정희 전 대통령도 지금은
세상에 존재하지 않습니다. 삶이란 그렇게 짧고 허망한 것입니다.

나는 먼저 대승(大僧) 일연(一然) 스님께서 남기신 시(詩) 한 구절을
소개하려 합니다.

快適須臾意己閑 (쾌적수유의기한)

暗從愁裏老蒼顔 (암종수리노창안)

不須更待黃糧熟 (불수경대황량숙)

方悟勞生一夢間 (방오노생일몽간)

즐겁던 한 시절이 다 가버리고

시름 묻힌 몸이 덧없이 늙었어라

한 끼 밥 짓는 동안 더 기다려 무엇하리

세상사 꿈결인 줄 내 이제 알았노라.

대승 일연 스님도 나이 들어서야 세상의 덧없음을 한탄하셨습니다. 그러나 이렇게 깨달음을 얻는 자는 얼마나 행복한가? 이렇게 덧없이 짧은 인생을 어떻게 살아갈 것인가? 어떻게 해야 내가 부처가 되어 질긴 업보의 인연을 끊을 수 있는가를 함께 모여 생각하기 위해 법당을 열어놓은 것입니다.

열심히 살아 재산가가 되는 것은 복 받는 일입니다. 그러나 재산에 집착하여 주위를 돌보지 않는다면 재산가가 되지 않는 것만 못하게 됩니다.

열심히 공부하여 출세하는 것도 복 받는 일입니다. 그러나 권력을 함부로 휘두르면 권력을 갖지 않음만 못합니다.

재산과 권력의 가치를 모른다면 없느니만 못한 것입니다. 재산은 가난한 자, 헐벗은 자를 위해 존재하고 권력은 억울한 자 그늘에 사는 자를 구제하기 위해 존재하는 것입니다.

권력이니 재산이니…… 한 줌 바람보다 나을 것이 뭐 있겠습니까? 인생(人生)이 뭐 별거입니까? 부처를 배우고 부처가 된다면 허망한 인생 그나마 더없는 보람일 것입니다.

우리 죽을 때에 허망하다 말하지 말고 부처가 되었다며 웃는 얼굴로 숨 마칩시다.

그대가 바로 부처다

―이 글은 정신세계라는 출판사에서 출간한 〈달마〉라는 책에서 발췌한 것입니다. 윗글과 맥이 닿는 글이어서 소개합니다.

　달마(達磨)의 직계 제자 중 한 선사(禪師)가 어느 겨울밤에 한 절에 머무르게 되었습니다. 그 절의 주지 스님은 그가 보통 사람이 아님을 알아보고 그 절에 머물도록 허락한 것입니다.

　그런데 한밤중에 뭔가 타는 냄새가 나서 밖으로 나와 보니 그 선사가 자는 방 아궁이에 불이 붙어 있는 것이었습니다. 불이 난 줄 알고 주지 스님이 아궁이로 달려가 보니 어젯밤에 온 선사가 나무로 된 불상을 태워 방을 덥히고 있는 것이었습니다.

　선사는 불을 쬐이며 지팡이로 뭔가를 찾아 뒤적이그 있었습니다.

　놀란 스님이 다급하게 물었습니다.

　"아니 지금 무엇을 하고 계시는 것입니까?"

그러자 선사가 이렇게 대답하는 것이었습니다.

"나는 지금 사리를 찾고 있네."

그러자 주지 스님은 너무 귀한 목제 불상을 태워 화도 났지만 하는 말이 너무나 어처구니없고 기가 막혀 웃어버렸습니다.

"당신은 정말 미쳤군요. 목불(木佛)에서 무슨 사리가 나온단 말입니까?"

그러자 선사가 정색을 하며 대답했습니다.

"내가 그대에게 보여주려는 것이 바로 그것이다. 몸에서 사리가 안 나오면 그건 부처가 아니다. 이것은 그저 조각된 나무일 뿐이지 부처는 아니지 않는가? 그러니 가짜 부처에 속지 마라. 나는 긴 여행에 지쳤는데 밤은 길고 날은 너무 추워 군불을 땐 것뿐이니라. 기왕에 나를 도와주려면 불상 두 개만 더 갖다 달라. 아직도 그대에게는 목불이 세 개나 더 있지 않느냐. 예불하는 데는 하나면 족하니라. 그러니 나머지 두 개는 내게 주어도 되지 않겠느냐? 게다가 날은 춥고 나는 살아 있는 부처니 내게 공양해야지 나무에게 공양할 것이냐? 살아 있는 부처를 위해 나무로 된 부처를 태우는 것이 뭐 그리 잘못된 일이란 말이냐?"

그 말을 들은 주지 스님은 이 사람이 매우 위험하게 보였습니다. 그는 마음속으로 생각했습니다.

'이 사람은 아마 내가 잠들면 모든 불상을 다 태워버릴 것이다.'

생각이 여기에 미친 주지 스님은 사람들을 깨워 이 선사를 내쫓았습니다. 그래도 그 선사는 계속 말했습니다.

"이것은 잘못된 일이다. 들어 봐라. 그대는 정말로 후회하게 될 것이다. 지금 그대는 나무로 된 부처를 구하려고 살아 있는 부처를 추운 겨울밤에 쫓아내고 있는 것이다. 그대야말로 제정신인가?"

그러자 주지는 화난 목소리로 말했습니다.

"지금 나는 당신과 말하고 싶지 않소이다. 그래, 나는 미쳤으니 여기서 나가주십시오."

선사는 기어이 쫓겨나고 말았습니다.

다음날 아침, 주지 스님은 선사에게 무슨 일이 생겼나 궁금하여 대문을 열어 보았습니다.

그는 길 한쪽에 앉아서 시든 들꽃 몇 송이를 가지고 있다가 바위 위에 그 꽃을 올려놓고는 바위를 향해 예불을 드리기 시작했습니다.

주지는 눈을 믿을 수 없었습니다. 그는 선사에게 다가가며 중얼거렸습니다.

"이 사람은 진짜로 미친 사람이구나. 어젯밤에는 그 비싼 불상을 태우더니 이제는 바위를 부처로 잘못 알고 예불까지 올리다니."

참다못한 주지 스님이 선사에게 퉁명스럽게 말했습니다.

"지금 뭐하고 있는 것입니까?"

선사도 퉁명스럽게 대답했습니다.

"아침 예불을 드리고 있는 중입니다."

주지 스님이 의아한 눈으로 그를 바라보며 말했습니다.

"그런데 당신은 참으로 이상한 사람으로 보이는군요. 어젯밤에는 내 불상을 태우더니 이제 당신은 길을 가리키는 표석에 대고 절을 하고 있으니 말입니다."

선사가 미소를 지으며 말했습니다.

"그대는 이해하지 못한다. 이 부처는 내 눈에만 보인다. 만약 그대가 이것이 부처로 보이면 그것은 부처다. 그대가 나무조각을 부처로 보는 것과 같은 말이다. 그리고 이 모든 것은 마음의 장난이다. 사실 나는 예불 같은 것은 드리지 않는다. 내가 이렇게 하는 것도 그대가 잘못된 생각을 고치도록 하기 위한 것이다. 절을 받는 목불이 부처가 아니라 그대가 바로 부처다. 그러니 내가 오늘 밤 다시 절에서 잘 수 있겠는가?"

이에 주지 스님이 대답했습니다.

"안 됩니다. 당신이 옳은 것처럼 보입니다. 아마 내 생각이 틀렸겠지요. 하지만 나는 당신의 높은 차원을 따를 수 없습니다. 그것은 매우 위험합니다. 당신은 이곳을 떠나서 다른 절을 찾아보는 것이 좋겠습니다. 우리 절은 가난합니다. 당신은 벌써 우리 절에서 가장 비싼 불상을 없애버렸습니다. 그러니 나는 이제 더 이상 당신을 받아들일 수 없습니다."

선사가 다시 대답했습니다.

"그것은 문제가 안 된다. 나는 그대가 이제야 올바로 이해했다고 생각한다. 언젠가 그대는 나를 찾아올 것이다. 그리고 나는 그대의 눈에서 이해의 빛을 볼 수 있을 것이다. 그러니 나를 억지로 받아들이지 않아도 된다. 나는 이미 그대 속에 있다."

그로부터 2년이 지난 뒤 그 주지 스님은 선사에게 사과 드리러 찾아왔습니다. 그리고 그는 자신의 절에 있던 세 개의 나머지 목불도 가지고 와서 선사에게 말했습니다.

"필요하시다면 이것마저 태우는 것도 좋습니다. 나는 어젯밤 드디어 이해했습니다. 그때까지 사실 한순간도 당신을 잊지 못하고 있었습니다. 당신의 아름다움, 당신의 우아함, 당신의 평화, 그리고 당신의 침묵과 그 노력들이 나로 하여금 내가 얼마나 어리석었는가를 깨닫게 해주었습니다. 그리고 나는 당신에게 잘못을 저지르기까지 하였습니다. 추운 겨울밤 당신을 내쫓기까지 하였으니 말입니다. 하지만 당신은 다음날 아침까지 나를 위해 기다려 주었습니다. 나에게 깨달을 기회를 주기 위해서 말입니다. 하지만 나는 너무 어리석었습니다. 그래서 깨닫는데 2년이나 걸린 것입니다. 이제 나는 내 안에 부처가 있음을 확실히 알았습니다. 절 앞에 있는 바위나 법당 안의 불상이나 다르지 않다는 사실도 깨달았습니다."

이 이야기는 여기가 끝입니다. 워낙 훌륭하신 분들의 이야기이고 해탈하신 어른들의 일이기 때문에 그 깊이를 다 설명하기는 어렵지만 내 마음이 부처에게 있으면 내가 부처라는 것으로도 이해할 수 있습니다.

달빛 나그네

달빛 그림자 밟으며
찾아오는 나그네
온다 해도 흔적 없고
간다 해도 흔적 없나니
달빛에 그림자 길어도
달 지기 전
그림자부터 사라지는 법
우리네 허망한 인생 뭐 별거던가

바람처럼 왔다가
구름처럼 떠나면 그뿐,
있어도 없고 없어도 있는
무지개처럼,
우리네 人生
아름답고 영롱해도
잡지 못하고 갖지 못하니
허망하고 또 허망해라

삶 또한 무지개 같으니
있어도 없고 없어도 있음 같이
살아서 죽음이요
죽어서도 삶이니
이게 바로 꿈결 같은 人生이려니
우리 모두 길 떠난
나그네일 뿐일세…….

자랑의 법칙

태백산맥 준령아
위용을 자랑 마라
산세가 하늘로 뻗고 뻗혀도
그 끝은 무디고 무디어져
마침내
이름 없는
마을 어귀 동산으로 남나니

그대여

출세를 뽐내지 마라
인생의 끝자락은
마을 어귀
이름 없는
동산만도 못하나니

이름 없는 냇물아
소리 작고 물 얕다고 부끄러워 마라

작고 작은 냇물이 모이고 모여
마침내
거대한 바다를 이루나니
누가 너를 얕았던 냇물이라
업신여기랴

그대여

작다고 부끄러워 마라
가난하다 한탄 말고
배움 없다 부끄러워 마라
깨달음이 쌓이고 모이면
마침내
이름 없는 냇물이
바다를 이루듯
미천한 그대도
부처 되리니…….

백로로 살 꺼나

휘어진 소나무에 걸터앉은
백로야
본디 네 모습은
희고 희어서
진흙탕 구렁텅이 빠져도
단아한 흰 빛을
잃지 않는구나

하루에도 수십 번
마음 바뀌는
우리네 사람의
잘난 욕망이
희고 흰 백로보다
나을 게 무엇인가

한 마리 백로를 바라보며
욕망으로 더러웠던
내 인생
뒤돌아본다

오늘은
불법(佛法) 받아
희디 흰 한 마리
백로나 될 꺼나

백로 되어
한평생
희게 살 꺼나.

보석 이야기

한여름 밤, 문득 하늘을 바라보면 눈부시게 현란한 별들이 캄캄한 하늘에 눈부시게 빛납니다. 잠시 걸음을 멈추고 하염없이 바라보노라면 별들은 어느새 찬란한 보석이 됩니다. 보는 이의 마음에 따라 하늘의 보석들은 형형색색으로 변하며 빛납니다. 어떤 별은 다이아몬드가 되기도 하고 또 어떤 별은 사파이어가 되기도 합니다.

만일 저 보석들이 땅에 떨어져 있다면 사람들은 보석들을 쟁취하기 위해 목숨을 걸 것입니다. 그러나 아무도 하늘의 보석을 탐하지 아니합니다.

사람들은 얼마나 어리석은가요?

다이아몬드, 루비, 사파이아, 황금 등 패물을 구입하여 목에 걸고 손가락에 끼고, 깊고 깊은 사제 금고에 처박아 놓습니다. 만나는 친지에게 침이 튀도록 자랑합니다. 가격은 얼마며 원산지는 어디며 국내에 몇 개 없다고 자랑합니다.

그러나 잠시 생각해 보십시오. 금고 속에 갇혀 숨도 쉬지 못하는 보석들이 도대체 무슨 가치가 있다는 것입니까? 목에 걸려 빛나 봐야 몇 사람이나 볼 수 있습니까? 게다가 행여 도둑질 당할 새라 노심초사 걱정은 그 얼마입니까?

보석 때문에 죽고 죽이고 가족 간에 갈등하고 부부 간조차 불신의 벽을 만드는 패물들…… 그러나 하늘의 보석은 모두를 행복하게 하고 모두를 정감 어린 눈으로 만들어 줍니다. 손 다정히 잡고 아내와 남편 되시는 분들이 밤길을 걸으며 반짝이는 별빛에 취한다고 상상해 보십시오. 사랑과 정서에 흠뻑 취한 모습 또한 아름다운 보석이 아니겠습니까?

하늘에서 반짝이는 별은 누구나 소유할 수 있습니다. 아름다움을 느낄 수 있는 자는 바로 별이라는 보석의 주인이 됩니다. 도적질 당할까 걱정하지 않아도 되고 내 것이 아니라고 질투할 이유도 없으며 누구에게 자랑할 오만도 필요하지 않습니다.

모두가 내 것이며 모두가 타인의 것이며 언제라도 바라보며 행복을 함께할 수 있는 하늘의 보석 같은 별이니 이보다 더 값진 것이 어디 있겠습니까?

보석이나 감투나 재물에 집착하지 마십시오. 그것은 기쁨을 주지 않습니다. 오히려 화를 일으키지요.

열반경(涅槃經)은 필요 없는 집착에 대하여 다음과 같이 훈계하고 있습니다.

자아(自我)에 대한 집착이 없고 탐욕이 없어 마음이 아무것에도 매이지 않게 되면 저절로 청정해져서 해탈을 얻게 된다.

마음에 욕심이 가득하면 해탈에 이를 수 없고 해탈을 이루지 못하면 마음 가득 욕망이 채워집니다. 욕망으로 가득한 자에게는 해탈은 찾아오지 않습니다. 보석이란 한낱 작은 돌멩이에 지나지 않는 것, 돌멩이로 깨달음을 잃는다면 이 어찌 막대한 손해가 아니겠습니까?
진짜 보석은 자신의 가슴에 담겨 있는 법입니다. 내 안의 보석을 두고 어디서 보석을 얻겠다는 것입니까? 집착이 없고 탐욕이 없으면 해탈을 얻고, 해탈을 얻으면 열반에 이르나니 눈으로 보석을 보려 하지 말고 마음으로 보석을 보는 자가 되십시오. 그래야 진정한 불자(佛子)가 될 수 있는 법입니다.
성경에도 같은 말이 나옵니다. 마태복음의 산상수훈에서 예수는 이렇게 가르칩니다.

마음이 가난한 자는 복이 있나니 천국이 저희 것이요.

마음이 가난하다는 말은 무슨 뜻입니까? 욕망을 버리고 마음을 소박하게 갖는 자만이 천국에 이르리라는 말입니다.

마음의 욕망을 버리는 일이 얼마나 어려우면 부처님도 예수님도 그리 가르쳤겠습니까?

한낱 돌덩이인 보석에 대한 집착을 버리는데도 이처럼 힘이 드는데 일생을 살며 갖게 되는 갖가지 욕망을 버리는 일이 얼마나 어렵고 괴롭겠습니까?

그러나 어느 날 문득 깨달음을 얻으면 하루아침에 황금이 돌처럼 보일 수 있습니다. 금고 속의 보석이 보석으로 보이지 않고 하늘의 별이 아름다운 보석으로 보일 때 그때서야 진정한 깨달음을 얻게 됩니다. 맑은 마음을 얻게 됩니다.

진정한 부자는 금고 속에 패물을 감추는 자가 아니라 하늘의 별들을 자기 보석으로 만드는 사람, 한 송이 꽃에서 진리를 깨닫고 섭리의 신비함에 감사하는 사람일 것입니다.

패물에 도취하지 마십시오. 패물에 도취하는 자는 진정한 부자가 될 수 없습니다.

침대 머리에 한 송이 장미를 꽂는 자가 되십시오. 그 가난하고 소박한 마음이 진정한 부자이기 때문입니다.

이것을 부처는 해탈이라 가르칩니다.

사십이장경(四十二章經)의 마지막 장을 소개로 보석 이야기를 마치고자 합니다.

　　부처님은 말씀하시기를 나는 왕후(王侯)의 지위를 보기를 문틈으로 지나가는 먼지로 보고, 금이나 옥 같은 보석을 기와조각 같이 보며, 황금빛 비단을 헤어진 옷으로 보고, 대천세계(大天世界―우주를 말함)를 겨자씨 같이 보며 아뇩지(연못의 뜨거운 번뇌가 없다는 뜻 또는 맑고 시원한 물)의 물을 발에 바르는 기름같이 보고 방편문을 화보취 같이 보며 무상승(無上乘―위가 없는 진리, 곧 열반을 얻는 법의 문)을 꿈속의 보석이나 비단같이 보며 부처의 도(道)를 눈앞에서 날으는 허공의 꽃으로 보며…….

　　라고 말씀하시므로 부처의 눈은 모든 것을 평등하게 보셨습니다. 귀함도 천함도 구별이 없으시니 이 어찌 주옥 같은 가르침이 아니겠습니까?

　　―재물과 색(色)의 미혹에 빠지지 않고 늘 각성(覺性)하면 그대도 부처가 되리라.

원으로 된 삼각형을 만드시렵니까?

원(圓)으로 된 삼각형을 그리실 수 있습니까?

흰 까마귀를 잡을 수 있겠습니까?

검은 백로를 만날 수 있겠습니까?

이런 걸 모순이라 합니다. 어떤 창도 막을 수 있는 방패와 어떤 방패도 뚫을 수 있는 창(槍)은 같이 존재할 수 없다 하여 붙여진 이름입니다.

포악하며 착한 사람.

폭행을 일삼으며 선량한 사람.

강도짓 하며 자선 베푸는 사람.

온갖 욕심 다 부리며 착한 사람.

거짓말을 밥 먹듯 하며 정직한 사람.

이런 사람은 세상에 존재할 수 없습니다. 그런데 사실 알고 보면 이런 정도의 모순은 세상에 허다하게 널려져 있습니다.

땅 투기로 일확천금을 노리는 반(反)사회적 사람이 부처 앞에 나타나 좋은 땅을 고를 수 있게 점지해 달라며 불공 드리는 사람.

일 년 내내 공부는 하지 않고 있는 대로 시간 낭비하며 놀다가 시험 때가 되어서야 좋은 학교 보내 달라고 불공 드리는 사람.

늙은 시부모 밉다고 일찍 죽게 해 달라고 부처에게 비는 사람.

게을러 돈 벌지 않고 돈 많은 여자에게 장가가게 해 달라고 공양하는 사람.

공직자에게 뇌물 바치고 일이 잘 성사되게 해 달라며 불공 드리는 사람.

강도짓 하고 잡히지 않게 해달라며 부처에게 떼쓰는 사람.

몸 함부로 굴려 건강 잃고 건강 찾아달라고 부처에게 떼쓰는 사람.

이런 사람은 원으로 된 삼각형을 그리려 하는 사람이니 이 어찌 모순이 아니겠습니까?

또 이들 중에는 자신들이 원하는 바를 달성하기도 하니 이 어찌 모순이 아니겠습니까?

이런 사람을 부처는 더럽다 하였으니 법구경(法句經)에 이르기를

은혜도 모르고, 부끄럼도 없이

못된 성질로, 교만스럽게

낯짝 두껍게, 덕을 버리는 사람은
생활은 쉽다. 더러운 생활이다.

라고 꾸짖었습니다. 이런 사람은 성공할 수도 있습니다. 그래서 잘 살 수도 있습니다. 하지만 그것은 부처님의 은혜가 아니라 인생에서 죄업을 하나 더 올려놓는 것입니다. 그리고 잠시 즐거울 수는 있으나 영원하지는 않습니다.

청와대 모 고위 인사와 영악한 한 여인이 저지른 더러운 사건을 우리는 잘 압니다. 이들은 권력을 이용하여 자신들의 야망과 욕망을 일시 채우기는 하였지만 이들의 죄는 기어이 세상에 밝혀지고 패가망신의 비참한 말로를 걷게 되었습니다.

국가의 녹을 받고, 사람들의 존경을 받는 자리에 앉게 되었으면 은혜를 알고 겸허해야 하거늘 이를 빌미로 자신의 개인 욕망을 채웠으니 어찌 부처님이 그냥 두랴. 더러운 생활에 종지부를 찍으니 원으로 된 삼각형을 그리려는 무모함과 무엇이 다르겠습니까?

이런 더러운 돈을 불가에 바치니 이 또한 모순이 아니겠습니까?

자신들의 죄업을 인정하지 않고 타인에게 책임을 전가시키니 이 또한 죄업이 아니겠습니까?

선도(善導:중국 당나라 때 가장 위대한 정토교(淨土敎) 지도자)는 이르기를

밖으로 현선정전진상(賢善精進相:어질고 선함을 닦아 나아가는 모습)을
나타내지 못하는 것은 안으로 거짓을 지니고 있기 때문이다. 탐욕과 노여움
과 속임수가 가득하여 뱀이나 큰 구렁이와 같다. 삼업(三業:몸과 입과 마음
의 세 가지로 행해지는 선악의 업)에 있어서 선을 행한다 할찌라도 이름하여
독이 섞인 선이다.

선을 행한다 하더라도 그것은 독이 섞인 선이며 거짓의 행함에 지
나지 않습니다. 이런 선은 하지 않음만 못합니다. 권력으로 만든 돈을
부처에 시주했다 하여 업보가 사라지는 것도 아니며 선을 행했다 말
하지도 못합니다. 이야말로 모순으로 만들어진 선이니 원으로 된 삼
각형을 그리려는 무모함과 무엇이 다르겠습니까?

부처님은 법구경에 이르기를

一切各色 (일체각색)
非有莫感 (비유막감)
不近不憂 (불근불우)
乃爲比丘 (내위비구)

세상 모든 것 헛된 것이라
구태여 가지려 허덕이지 않고
잃었다 하여 번민도 않는 사람
그야말로 참으로 '비구' 니라.

돈 많이 버는 것, 출세하는 것은 복된 일이나

돈을 많이 벌어 부호가 된다는 것, 학문을 열심히 닦아 높은 벼슬에 오르는 것은 복 받는 일입니다. 무엇이든 거저 얻어지는 게 없기 때문입니다.

다른 사람들 술 취해 잠자고 있을 때, 노름에 빠져 아까운 청춘 헛되게 보낼 때, 여자에 빠져 몸 버리고 돈 탕진할 때, 게을러 여름 한낮 낮잠으로 세월 보낼 때, 부지런하고 근면한 사람은 새벽을 도와 공부하고 일터에 나가 일하여 돈 벌어 재산을 모으고 학문을 닦습니다. 그렇게 한평생 살다 보면 어느새 부호가 되고 벼슬을 얻어 귀한 사람이 됩니다.(물론 앞서 말한 대로 더럽게 돈 벌고 더럽게 출세한 자는 예외이겠습니다만)

사람들은 그들 앞에서 머리를 숙이고 그들의 지휘를 받고 그들이 베풀어 주는 은혜에 의존하여 삶을 살아가니 어찌 복된 사람이 아닐 수 있겠습니까? 많은 사람들로부터 존경받는다는 것은 모든 사람이 꿈꾸는 미래가 아니겠습니까?

나는 인생이 허무하고 또 허무하다고 여러 번 말했지만, 그 허무함 속에서도 가치를 찾는 게 삶이라고 다시 한번 더 말씀 드립니다. 이제 부호가 되고 출세한 사람들에게 이 삶의 가치를 말하려 합니다.

아무리 많은 재산을 가졌다 해도 이웃에 굶는 사람이 있으면 이는 재산을 소유한 보람이 없을 것입니다. 아무리 재산이 많아도 가난하여 공부할 기회를 얻지 못하는 자가 이웃에 있다면 그 돈은 아무런 가치도 없을 것입니다. 사람은 더불어 사는 것입니다. 나 혼자는 살지 못합니다. 베푸는 것을 모르는 사람은 베풀음을 받지도 못합니다.

재산이 많은데도 베풀지 못하는 사람은 이웃을 잃어 이웃 사람이 없는 가난한 자가 되는 법입니다.

재산가들의 집을 보십시오. 높은 울타리에 전기 철조망을 치고 전자 감시망을 설치하여 재산 지키기에 급급합니다. 사람이 찾아오면 누군가, 무엇 때문에 찾아왔는가를 일일이 확인한 뒤에야 만나주고 그렇지 않으면 아예 들여보내지도 않습니다.

내 것을 빼앗기지나 않을까 두려워 그러는 것입니다. 마치 옛날 귀족들이 성을 쌓고 들어앉아 살 듯 자기만의 성(城)에 갇혀 삽니다.

사람이 들어오지 않고 함부로 나가지 않으니 감옥이 따로 있는 게 아닙니다. 스스로 감옥을 만들어 갇혀 사는 것입니다. 이런 사람들은 절대 존경받지 못합니다.

베푸는 사람에게는 허리도 굽히지만 마음도 굽힙니다. 그게 존경이라는 거죠. 하지만 인색한 사람에게는 허리는 굽혀도 마음은 굽히지 않죠. 마음을 굽히지 않는 대신 마음속으로 저주합니다.

"잘났다 잘났어 혼자 잘 먹고 잘 살아라—"

베푸는 사람 집에 불이 나면 내 몸에 불이 붙어도 덤벼 물을 들이붓지만, 인색한 사람 집에 불이 나면 옆에서 부채질하고 싶은 게 사람의 마음입니다.

뿐만 아니라 인색한 자의 재물은 그 재물이 자기 자신을 해치기도 합니다. 많은 재벌들이 재판을 받고 심지어 감옥에 갇혀 수모를 겪는 것을 우리는 흔히 볼 수 있습니다. 그런가 하면 평생 모은 돈을 가난하고 머리 좋은 착한 학생에게 써 달라며 선뜻 내놓는 사람도 있어 칭송을 받기도 합니다.

부처는 재물과 색(色)의 해(害)에 대해 사십이장경(四十二章經) 이십이장(二十二章)에 이런 말씀을 남기셨습니다.

부처님은 말씀하시기를 재물과 색(色)이 사람에 있어서, 사람이 그것을 버리지 못함은 마치 칼날 위에 꿀이 있는 것과 같아서 한번 빨아 먹는 것에도 모자라건만, 어리석은 자가 그것을 핥을 때에는 곧 혀를 베일 근심이 있는 것이다.

생명조차 내 것이 아니어서 하늘이 걷어가는 날 속절없이 떠나는 법이거늘, 재산은 쌓아 무엇하랴, 재산을 쌓아 덕을 베풀지 못하면 그 재산에 혀를 베일 수도 있는 법입니다.

벼슬하여 권력을 취함도 마찬가지니 지위가 높을수록 벼 익어 머리 숙이듯 숙이고, 재물에 초연하여 청렴하면 나 스스로 만족하고 사람에게 칭찬받으니 나 좋고 이웃에 좋으면 바로 부처가 만족하는 것입니다.

재산은 나눌수록 마음이 부해지고 벼슬은 머리를 숙일수록 존경받는 법이니 부처님이 만족할 일이라면 누가 비난하리요!

벼슬도 재물도 죽을 때는 다 놓고 가는 법. 마지막 떠날 때 가져갈 것 없으니 남을 사람에게 귀감이나 남길 것이요, 죽은 뒤 공덕비 하나로 살아온 자취를 남기는 자가 진짜 부자요 진짜 벼슬이니라.

돈 벌고 벼슬하는 건 복된 일이나, 베풀지 않으면 없느니만 못합니다. 무상(無常)한 인생이지만 발자국 하나는 옳게 남겨야 사람입니다.

재산으로 벼슬로 받은 복을 악업(惡業)으로 남기면 무슨 보람이 있겠습니까? 배고픈 자와 더불어 살고, 힘없는 자와 더불어 베풀며 사는 게 부처의 길이랍니다.

화엄경(華嚴經)에 보면 부처님의 이런 말씀이 나옵니다.

제어하기 어려운 인색한 마음을 제어하여 재물을 베풀되 꿈과 같이하고 뜬구름같이 해야 한다. 보시하여 집착이 없는 마음을 키우는 경우, 이로 인해 지혜가 완성된다.

이 말씀은 베풀고 생색을 내거나, 베푸는 것에 인색함을 나무라는 말씀입니다.

어리석은 자는 생색내기 위하여 베풀기도 합니다. 연말연시가 되면 군부대를 찾아가 선물하는 기업체나 정치인들을 흔히 봅니다. 그런데 선물 몇 덩이 던져주고 사진만은 요란하게 찍어대기 일쑤입니다. 그것이 진정한 위문이 아니라 대외 선전용이란 걸 사람들은 다 알고 있습니다. 이런 베풀기는 하지 않는 것이 낫다는 말입니다.

베풀었으면 그것으로 바로 잊어야 합니다. 그에 대한 보상을 원한다면 이미 그 좋은 뜻은 사라지고 맙니다. 부처님은 이런 집착을 없애야 지혜가 완성되는 것이라고 가르치는 것입니다. 성경에도 '오른손이 하는 일을 왼손이 모르게 하라.' 라고 가르칩니다.

절망하라, 절망하고 또 절망하라!

절망하지 않고 어찌 깨달음을 얻으랴. 속세와 인연 끊지 않고 어찌 부처 말씀 이해하랴. 기름진 음식 먹고, 향기로운 여인 품에 안겨 어찌 길을 찾으랴. 머리 잘라 먼저 나와 인연 끊고, 출가(出家)하여 사랑하는 부모와 인연 끊고, 산으로 들어가 세상과 인연 끊어도, 가슴에 번민 끊지 않으면 깨달음 근처에도 가지 못하니 이 어찌 처절한 고행 아니랴.

참 진리 얻어 행복하려면 먼저 행복부터 잘라야 하느니 절망하고 절망하여 최후의 벼랑으로 몰리지 않으면 진리에 눈뜨지 못함이여.

부처는 물론이려니와 예수를 보라. 적막하고 거친 광야에 꿇어앉아 40일 금식하며 자신과 투쟁하지 않았나. 마음속의 사탄 몰아내기 위해 온갖 유혹과 싸우지 않았나. 세상 왕관 버리고 깨달음 얻은 그가 한 마지막 말 "사탄아 물러가라." 마침내 자신의 욕망을 버리는 이 호통 한마디로 그는 진리의 불빛을 얻었지, 구원 얻었지.

왕의 자리를 박차고 나온 부처님. 보리수 그늘 아래서 뼈만 남았지. 뼈를 깎고 피를 말려 진리 얻었지.

소름 끼치는 고독과 두렵고 두려운 적막의 어둠으로 가지 않으면 진리의 빛 구할 수 없으니 이 또한 얼마나 심오한 일인가?

진흙물 구덩이에서 연꽃이 피고 곰팡이에서 약을 얻음과 같으니 고통을 맛보지 않고 어찌 깨달음 얻으랴. 어찌 해탈 길 갈 수 있으랴. 희망을 버리지 않고 어찌 희망을 얻으랴!

모든 종교는 절망을 요구합니다. 절망하고 또 절망하지 않으면 참다운 구원을 얻지 못하기 때문입니다. 선(善)과 악(惡)에의 갈망은 같지만 가는 길은 다릅니다. 진리를 향한 갈망은 자신을 고통으로 몰아내고, 욕망의 갈망은 자신을 쾌락으로 내몹니다.

자신을 고통스럽게 하려는 사람은 참으로 보기 힘들 것입니다. 그래서 이 길을 '좁은 문' 이라 합니다. 하지만 쾌락에 몸 던지는 사람은 대개 전부입니다. 머리 깎은 중은 많지만 뼈만 남은 부처가 되려는 스님은 많지 않고, 목사는 많지만 광야에 나가 피 말리는 고독과 두려움 속에서 사탄과 싸우려는 목사 몇이나 됩니까?

예수는 스스로 십자가에 올랐습니다. 그리고 자신을 처절히 죽였습니다. 구원은 그의 죽음으로부터 시작되었습니다. 죽은 다음부터 희망이 생기고 구원이 시작되었습니다. 절망 끝에서 구원의 실오라기를 잡은 것입니다. 그의 죽음의 의미로부터 부활의 의미가 시작되는 것입니다. 자신을 죽이지 않으면 구원을 얻지 못합니다. 죽은 자만이 부활하는 것입니다. 누가 감히 함부로 종교에 입문했다 말할 수 있겠습니까? 자신을 죽였다 말할 수 없는 사람은 자신을 종교인이라 생각해서는 안 됩니다.

스스로 보리수 아래서 죽을 용기가 없는 사람, 스스로 십자가에 오를 수 없는 사람은 승복을 입고 사제(司祭)복을 입을 자격이 없습니다. 땡중은 많아도 승려 보기 어렵고, 먹사(세속에 물든 목사를 일컫는 말)보기는 쉬워도 목자 보기는 힘든 세상입니다.

얼굴에 기름기 돌고 양팔에 여자 끼고 다니고 신도 앞에 거드름을 피는 머리 깎은 사람은 그냥 머리만 깎은 사람입니다. 그를 어찌 승려라 하겠습니까?

얼굴에 기름기 돌고 양팔에 여자 끼고 신도들 앞에서 거드름을 피고 광야에 나가 40일 금식하며 자신과 처절히 싸워 보지 않고 설교하는 사람은 그냥 설교하는 사람입니다. 그를 어찌 양떼를 구할 목자라 하겠습니까?

사람은 내면과 외면 양면으로 살아갑니다. 내면은 그야말로 내면의 세계, 즉 정신세계를 말하며, 외면 세계란 일상생활을 말합니다.

이 두 세계는 공존해야 합니다. 먹고 마시고 즐기는 세계로만 향해 가서도 안 되고 도를 닦겠다고 굶어 죽어서도 안 됩니다. 이 양 세계가 잘 균형을 맞춰 살아야 하는데, 지금은 그렇지 못합니다. 내면세계가 철저히 외면당하고 있습니다.

이를 증명하는 게 도덕성의 마지막 보루여야 할 종교의 타락입니다. 종교 권력을 잡기 위해 웃통 벗고 싸우는 땡중이나 교회 교인들, 가난하고 굶는 아이 옆에 살고 있는데 돕지는 않고 수백억 교회 건물 짓는 것이 작금의 형태입니다. 내면의 세계는 사라지고 외형에만 모든 정력을 바치기 때문입니다. 종교의 본질, 종교의 사명은 뒷전입니다.

여기서 무슨 구원을 얻겠습니까? 여기서 무슨 해탈을 얻겠습니까? 내면이 일그러졌는데 외면이 성할 리 있겠습니까?

우리는 어릴 때 일그러진 냄비를 고치는 아저씨들을 흔히 볼 수 있었습니다. 구멍 난 것은 땜질도 하고 일그러진 부분은 작은 장도리로 두드려 펴주는 '땜장이' 아저씨 말입니다. 그런데 여기서 크게 배울 게 있습니다.

여기저기 상처받아 일그러진 냄비를 가져가면 이를 곧게 펴기 위해 두드리는데, 절대 외면을 두드리는 법이 없습니다. 외면을 바로 펴기 위해서는 안쪽을 두드려야 합니다. 이런 것이 진리입니다. 사람을 바로 잡기 위해서는 안쪽의 내면을 두드려야 합니다. 영혼을 바로 잡아야 하는 것입니다.

두드려 맞는 아픔은 절망적이지만 바로 잡히는 것은 희망입니다.

이를 깨닫지 못하니 가치관이 실종되고 본분이 사라지고 종교마저 이 모양으로 변질되니 어찌 중생을 구하고 깨달음을 얻겠습니까?

이제 한번쯤 뒤로 물러서서 우리를 돌보아야 합니다. 내가 나를 돌보지 않으면 아무도 나를 돌보지 못합니다. 도(道)를 찾아 도를 버리고, 진리를 구해 진리를 버리는 혜안 없이는 종교는 그 본분을 다하지 못합니다. 그러기 위해서는 먼저 내가 절망해야 합니다. 내가 먼저 고통스러운 좁은 문으로 들어가야 합니다. 내가 먼저 내면을 두드려 맞아야 합니다. 그래야 중생들도 이정표나마 찾아보려 할 것입니다.

살아 있는 모든 사람은 먼저 뼈만 남는 정진을 하고, 손에 못 박히는 십자가에 올라가야 합니다. 사람은 자신의 가치를 찾으려 할 때만이 사람의 가치를 얻습니다.

사람은 축생(畜生)이 아니기 때문입니다.

人生 1

아득하여라

하늘과 땅 사이
눈보라만
가득한데

멀리

무덤 하나
눈꽃처럼
피어 있네

쌓인 눈도

이슬처럼

사라지거늘…….

人生 2

서산에 해 걸치자
나 홀로 서 있고나

......

......

무상하여라 짧은 인생
꿈결처럼 흘러가네

......

......

외로워라 바람 같은
내 무상한 人生!

人生 3

봄 햇살에
싹트는가 했더니
찰라 같은 순간에
낙엽이 지네

낙엽 진 마른 가지
눈송이 쌓여도
봄 햇살 내리면
다시 싹트네

누가 저
윤회의 비밀을 알랴?

우리 인생

그렇게 허무하여도
다시 또 무엇으로 태어날 꺼나?

주장산이 슬피 울기에

멀리 주장산
밤새
슬피 울기에
미명 새벽길
찾아갔더니
불도저, 곡괭이로 허리 잘랐네

사람이야 한 걸음
빨리 간다지만
억겁을 살아온
백두대간 주장산
허리 끊긴 아픔을
그 누가 알리

주장산
슬피 운
까닭이라오.

* 도로공사 현장에서.

수리산 암벽

수리산 암벽을
흐르는 물이
천년만년 흐르고 흘러
푸른 이끼 만들었네

푸른 이끼
모이고 모여
아름다운 연꽃 그렸네

무심히 흐르는 물도
암벽에 연꽃 그리거늘
하물며 사람으로
태어난 나는
세상에 왔다 간 흔적
무엇으로 남길꼬?

모래톱

파도가 만든
비단결 모래톱

오늘은 파도가
모래톱 지웠네

허허로운 백사장
지워진 모래톱아

우리네 인생도
그리 지워지리니…….

* 대천 해수욕장에서.

엄마

칼바람 불어대는
깊은 겨울밤
멀리 마을에서 들려오는
송아지 우는 소리

"음~~메에~~"
"음~~메에~~"

부모 일찍 여의고
세상 인연 끊은
어리고 어린
까까머리 어린 동승

때 절은 이불 쓰고
따라서 우네

"엄마~~~~"
"엄마~~~~"

반야와 선(禪)

우리는 뜻도 잘 모르는 채 반야심경을 암송합니다. 그런데 여기 나오는 반야란 무슨 뜻인가? 반야란 말은 범어의 '뿌라쥬나'인 바 이것을 번역하면 '지혜'란 뜻입니다. 그러니 지혜가 곧 반야인 것입니다. 그런데 지혜를 그냥 지혜로 쓰인다면 자칫 지식과 혼동할 수 있어 지혜라 쓰지 않고 '반야'라 사용합니다.

본래 불교에서는 부처님의 지혜와 범부(凡夫)의 지혜를 구분하여 범부의 지혜는 지혜라 하지 않고 지식(知識)이라 합니다. '식(識)'이라 함은 미혹된 앎이기 때문에 이것은 참다운 지혜라 할 수 없습니다.

세상의 많은 지식을 가졌다 해도 번뇌에서 벗어나지 못하는 법, 그래서 지식만으로는 참 깨달음을 얻지 못하는 것입니다. 아니 오히려 괴로운 번뇌가 지식에서 생길 수 있습니다.

그렇다면 '반야'란 무엇입니까? '반야'는 지식에서 지혜로 옮겨가는 것을 말합니다. 말하자면 중생(衆生)에서 성불(成佛)하는 것입니다. 곧 미혹의 세계에서 깨달음의 부처 세계로 옮겨가는 것입니다. 우주의 진리를 깨우치면 부처를 아는 것이고 부처를 안다는 것은 해탈을 말하는 것입니다.

지식은 세상을 사는 법을 잘 알아 살아가는 데 더없이 큰 도움이 되지만, '반야'는 세상 이치를 깨달아 우주의 원리를 알게 하는 것이지요. 이는 범부가 부처 되는 것과 같은 이치입니다.

좀 더 쉽게 설명하겠습니다. 자동차를 운전하는 것은 기술입니다. 기술을 습득하고 익히면 누구나 다 운전을 할 줄 알게 되고, 약간의 고장도 수리할 수 있습니다. 이것은 지식입니다. 식(識)인 것이지요. 이는 범부의 것입니다.

하지만, 운전하다 지나는 노인을 태워주고, 임산부를 만나 병원까지 데려다 주고, 지나가다 고장 난 차 앞에서 쩔쩔 매는 사람을 보면, 지나치지 않고 시간을 내어 도와주는 마음은 반야인 것입니다. 이것은 부처의 마음이니 반야의 지혜인 것입니다.

아무리 뛰어난 운전기술이 있다고 해도 어려운 사람을 목격하고도 그냥 지나친다면 이는 진정한 운전자가 아닙니다. 지식은 있되 반야가 없는 사람인 것입니다. 하지만 운전기술이 다소 미흡하다 해도 어려운 사람을 지나치지 않고 돕는 사람은 가장 훌륭한 운전자인 것입니다.

이런 사람은 마음에 사랑과 자비가 있어 떨어지는 빗방울 하나에도 삼라만상 우주의 법칙을 깨달을 수 있습니다. 이것이 범부의 지식과 부처의 반야가 다른 이유입니다.

반야를 알면 어둠 속에서도 빛을 볼 수 있고, 빛 속에서도 어둠을 볼 수 있습니다. 하지만 범부는 어둠 속에서는 아무것도 볼 수 없고, 빛 가운데서는 어둠의 답답함을 깨닫지 못합니다. 보이는 것만 볼 수 있다는 것입니다.

생각이 깊으면 반야를 얻습니다. 그러나 생각이 깊어지기는 참으로 어렵습니다. 나는 먼저 선(禪)을 구할 것을 충고합니다. 선(禪)이야말로 생각을 깊게 하는 원동력이니까요. 생각의 깊이는 고요 속에서 이뤄집니다. 술 마시고 춤추며 어찌 선이 가능하겠습니까?

선과 반야를 얻으면 부처를 얻는 것입니다. 부처님의 말씀 법구경(法句經)에 이르기를

無禪不智 (무선부지)

無智不禪 (무지불선)

道從禪智 (도종선지)

得至泥涅 (득지니열)

선이 없으면 지혜를 얻지 못하고

지혜가 없으면 선이 되지 않는다

선과 지혜를 갖춘 사람은

이미 열반에 가까웠느니라.

선과 반야는 실과 바늘처럼 함께 어울려야 합니다. 반야는 선에서 나오고 선은 반야를 완성시킵니다. 반야를 얻으면 거적을 덮어도 즐겁고 반야를 얻지 못하면 비단이불을 덮어도 불만입니다.

지혜의 위대함이 여기 있는 것입니다.

―마음이 만족한데 무엇을 더 원하리오. 부처를 따르는 이유도 반야를 얻고자 함이니 반야를 얻어 우주를 가지리라.

반야를 잠시 공부했으니 이제 선(禪)에 대하여 생각해 보겠습니다.

선(禪)을 수행하는 이유는 무엇일까? 또 선이란 무엇일까?

불자가 되겠다면 반야와 선은 반드시 알고 넘어가야 합니다. 운동을 하려면 먼저 체력이 튼튼해야 하듯 팔만대장경 부처의 말씀을 이해하기 위해서는 먼저 그 마음자세부터 갖춰져야 합니다. 또 선은 마음속의 깊은 인간성을 똑바로 바라보며 살아가는 기쁨도 됩니다. 날마다 자신이 살아가는 삶을 행복하게도 하지요.

선은 고대 인도에서 쓰던 산크리스트어(범어)로 선나(禪那)라 하였는데 이를 줄여 선이라 부르게 되었습니다. 진정한 이치를 사유하고 생각을 고요히 하여 마음을 산란하지 않게 하는 것, 조용히 앉아 선악을 생각하지 않고 시비에 관계하지 않으며, 유(有) 무(無)에 간섭하지 않아서 마음을 안락하게 하여 정한 곳이 없게 하는 것, 곧 좌선의 약칭입니다.

세상을 살다 보면 재물이나 명예, 감투가 사람을 만족시키지만 선은 이와 달리 이 모든 것으로부터 벗어나 진정한 자아를 맛보는 기쁨과 행복을 줍니다. 즉 고요한 생각에서 영혼과 육체의 결합을 맛보는 희열을 주는 것입니다. 해탈로 가고 반야를 얻는 지름길이죠.

운동으로 달리기를 한번 해 보시기 바랍니다. 목적지도 없이 한참 달리다 보면 운동한다는 생각은 없어지고 무아지경에 빠져 달리게 됩니다. 선을 하다 보면 이렇게 자신은 사라지고 무아지경에 빠지게 됩니다. 정신과 몸이 하늘로 뜨는 듯 가벼워지고 맑아집니다.

말할 수 없는 기쁨과 희열에 빠지는 것입니다. 여기서 행복을 느끼고 삼라만상 비밀을 터득하게 됩니다.

늦은 밤이나 깊은 새벽, 자리에서 가부좌하고 앉아 촛불 하나 켜놓고 눈을 지긋이 감고 명상을 시작해 보십시오. 처음에는 잡념에 사로 잡혀별 공상이 다 떠오르나 잘 훈련하면 마침내 무아지경에 빠지게 됩니다. 더 정진하면 우주의 비밀이 보입니다. 이것이 선의 첫발입니다.

기초적 선(禪) 수행을 어떻게 할 것인가? 먼저 가부좌 자세를 바르게 한 다음 아랫배 부위의 압력으로 가슴에서 윗 배속이 텅 비어지는 기분이 되도록 30초 이상 기합을 넣듯 숨을 토해 냅니다.

숨을 토해 낸 다음에는 아랫배의 긴장이 풀리면서 숨을 들이킬 노력을 하지 않아도 순간적으로 숨이 코로 들어갑니다. 그러면 다시 첫 방법대로 숨을 토해 냅니다. 이럴 때 정신적으로 긴장하거나 몸으로 무리하게 힘을 주어 가슴을 압박하면 안 됩니다. 수차례 자연스럽게 반복하는 사이 가슴과 마음의 더러움이 서서히 씻겨갑니다.

이때 제일 조심할 것이 졸음입니다. 이미 말씀 드린 바 같이 처음에는 잡념과 망상이 생기기 마련입니다. 잡념과 망상에 사로잡힐 때는 내가 그것에 끌려간다는 것을 의식하고 다시 마음을 가다듬을 수 있지만, 졸음은 무의식중에 찾아와 나를 잠으로 끌어갑니다. 참으로 견디기 어렵고 대책 없는 것이 이 졸음입니다. 대개 큰 스님이나 선배님들에게서 배우게 되는데 이때는 대나무 막대로 어깨를 두드려 잠을 깨우게 합니다.

혼자 수련할 때는 머리에 가벼운 책을 얹어놓고 시작하는 것도 좋은 방법입니다. 졸음이 오면 머리가 흔들리고 머리가 흔들리면 책이 떨어져 잠을 쫓기 때문입니다.

이런 수행은 참으로 어렵지만 또 쉽게 얻을 수 있는 것이라면 가치가 없겠지요. 어떤 이는 목숨을 걸고 수행하는데 높은 절벽 끝에서 한다고 합니다. 자칫하면 졸음을 이기지 못해 벼랑으로 떨어져 목숨을 잃을 수도 있으니까요. 얼마나 감동할 수행입니까?

당장 오늘 밤이라도 혼자 수련을 시작해 봅시다.

* 선(禪)의 창시자는 '달마' 로 알려져 있다.

보시에 핑계를 대지 마라

　자리이타(自利利他)라는 말씀이 있습니다. 나를 위하고 남을 위해 살라는 부처님의 가르침입니다. 이 말은 '나를 위하고 남을 위해 살라.'라는 뜻이죠. 자신은 돌보지 않고 타인만 돌보는 것도 어리석은 짓이며, 자신만 돌보고 타인을 외면하는 것도 나쁜 일입니다.

　저는 정말 어처구니없는 사실을 뉴스를 통해 알게 되었습니다. 한 노파가 죽어라 일해서 번 돈 수십 억을 사회에 기증하였습니다. 거기까지는 좋았는데 문제는 그 후에 발생되었습니다. 나이가 더 들어 노파는 갈 곳조차 없이 되었고 보살펴 주는 사람이 없어 힘들고 외롭게 나머지 여생을 보내고 있다는 것입니다. 도움을 받은 단체에서도 외면한 딱한 사정이 신문에 난 것입니다.

　이 경우 자신은 돌보지 않고 타인만 돕다가 생긴 불행입니다. 얼마나 어리석은 행위입니까? 아무리 사회에 기증한다고 해도 자신을 돌볼 재산은 남겨놓아야지요. 아마 옛날에도 이런 일이 있었나 봅니다. 그러니 자리이타(自利利他)란 말이 생겼겠지요.

그런가 하면 자신은 진미별미에 성 같은 저택에 살고, 철 따라 해외여행에 온갖 명품 다 사들여 사치하면서도 헐벗고 굶주린 사람을 철저히 외면하는 사람도 있습니다. 이런 사람은 정말 삶의 가치를 모르는 나쁜 사람이며 베풀어 주는 기쁨을 전혀 모르는 딱한 사람입니다. 자리이타(自利利他)란 말을 곰곰 생각해야 할 사람들입니다.

그러면 이타행(利他行:남을 돕는 길)을 어떻게 실천할 것인가?

한때 국가에서 저축을 적극 장려하던 시절이 있었습니다. 저축 장려를 위해 정부에서 홍보로 내 건 말 중에 이런 것이 있었습니다. "돈은 많을 때 저축하는 것이 아니라 적은 수입에서 쪼개어 하는 것이 저축이다."

그렇습니다. 돈이 많아서 저축하는 것이 아니라 적은 수입에서 아껴 쓰며 하는 것이 저축입니다. 이 핑계 저 핑계 대고 미루면 절대 저축할 수 없기 때문입니다.

타인에게 보시하는 것도 마찬가지라고 생각합니다. 있으면서도 핑계 대고 미루다 보면 절대 보시할 수 없습니다. 작은 돈, 작은 재물이라도 아껴 쓰며 보시하는 것이 진정 보시입니다. 싫은 것을 억지로 하는 것도 나쁘고, 핑계 대며 여유 있을 때 보시하겠다는 생각도 어리석은 생각입니다.

나눔이란 부족할 때 하는 것입니다. 여유 있을 때 하겠다는 사람은 많아도 하지 않습니다. 마치 시간 있을 때 독서하겠다는 사람은 시간이 많아도 하지 않고, 시간이 없어도 틈틈이 독서하는 사람은 시간이 많을 때도 하는 이치와 같다 하겠습니다.

옛날에 한 어리석은 사람이 살고 있었습니다.

그는 머지않아 사람을 초대하여 음식 대접할 일이 생겼습니다. 그는 젖소에서 우유를 짜서 대접하기로 계획을 세웠습니다. 그리고 이 어리석은 사람은 이런 꾀를 내었습니다.

"만약 지금부터 우유를 짜놓으면 우유가 많아져서 보관할 장소도 부족하려니와 또 썩어서 먹지 못하게 될 것이다. 그러니 아예 젖소 젖에다가 그냥 보관시키자. 그러다 손님이 오면 그때 한번에 짜서 대접해야겠구나."

나쁜 생각은 아니었습니다. 그렇게 해서 이 사람은 송아지와 어미 젖소를 따로 분리시켜 묶어두었습니다.

그로부터 보름 후 마침내 손이 초대되었고 이 사람은 소를 끌고 왔습니다.

'그동안 한번도 젖을 짜지 않았으니 엄청 나올 거야.'

신바람이 난 이 사람은 젖을 짜기 시작하였습니다. 그러나 소 젖은 잔뜩 말라붙어 한 방울도 나오지 않았고, 이 사람은 웃음거리가 되었습니다.

세상의 어리석은 사람도 마찬가지입니다.

보시를 하려 할 때 '살림이 넉넉할 때 해야지 지금은 어려우니까?' 이렇게 기회를 미루다 보면 갑자기 재난으로 재산을 잃을 수도 있고, 도둑을 맞을 수도 있고, 생각도 못했던 일로 생명을 잃어 영원히 보시를 못할 수도 있습니다. 보시는 생각날 때 그때그때 바로 해야 기회를 놓치지 않는 법입니다.

―보시는 그때그때 하는 것이 좋다. 백유경(百喩經)에 나오는 말씀입니다.

불자(佛子)의 길

장인(匠人)이 쇠를 얻으면 농기구를 만들고,

장군(將軍)이 쇠를 얻으면 칼(刀)을 만들고,

불자(佛子)가 쇠를 얻으면 부처를 만든다.

장인은 농기구 만들며 농민의 기쁨을 생각하고,

장군은 칼을 만들며 주군(主君:임금)에 대한 충성을 생각하고,

불자는 부처를 만들며 불쌍한 중생(衆生)을 생각한다.

시인(詩人)이 꽃을 보면 아름다움을 느끼고

임금이 꽃을 보면 백성의 태평성세를 생각하고

불자가 꽃을 보면 무상(無常)을 생각한다.

시인은 아름다움을 느끼며 흥겨운 시(詩)를 쓰고

임금은 태평성세를 생각하며 선정(善政)을 베풀고

불자는 무상함을 바라보며 부처의 자비에 감사한다.

누구나 자기의 길을 걸으며 자기와 관련된 일을 생각하나니 무엇을

보든 좋은 생각만 하는 것이 불자의 길이랍니다……

너무 서두르지도 말고 너무 늦게도 말고

자연의 섭리는 물 흐르듯 흐르는 것입니다. 봄이 가야 여름 되고, 여름 가야 가을 되고, 가을 가야 겨울 옵니다. 싹이 터야 잎이 열고 잎이 열려야 꽃이 피고 꽃이 펴야 열매를 맺습니다. 사람도 마찬가지여서 태어나야 청년이 되고 청년기가 지나야 노년이 옵니다. 세상 이치가 이러니 세상 일이란 게 서둘러 되는 법이 없습니다.

급히 먹는 떡이 체하고, 급히 나는 날벌레가 거미줄에 걸리고, 뱁새가 황새 따르려다 가랑이가 찢어지는 법입니다. 뱃속의 아기가 발버둥을 친다고 개월 수도 안 채우고 낳을 수는 없는 것입니다.

그런데 안타깝게도 세상에는 '빨리 빨리' 풍조가 만연해서 무엇이든 서둘러 해결하려 합니다. 마치 계단도 안 밟고, 위의 층으로 날아가려는 무모함이죠. 이런 방법은 반드시 실패하거나 낭패를 보기 십상입니다.

우리는 국가와 사회에 엄청난 파문을 일으킨 한 가짜 학위 파문의 젊은 여성을 알고 있습니다. 비록 물의는 일으켰지만 제법 머리도 좋고 공부도 어느 정도는 한 것으로 압니다. 문제는 이 여성의 출세욕이 너무 급했던 것입니다. 자신이 공부한 정도 내에서 직장을 구하고 거기서 차근차근 밟아 올라갔다면 그녀는 안정된 생활을 할 수 있었을 것입니다.

하지만 너무 급하게, 분수에 맞지 않게 욕심을 부리고 성급하게 오르려다 실족한 것입니다. 자신의 인생을 망쳐버린 것이지요. 급하게 높이 날아 보려다 거미줄에 걸린 날벌레와 무엇이 다르겠습니까?

공무원에게 뇌물주고 사업 따냈다가 감옥 가는 사람, 뇌물 받아 더 잘 살아 보려는 공무원들, 모두 순리(順理)를 어겼기 때문에 망하는 것입니다.

평범한 진리이지만 가장 빠른 것은 순리대로 사는 것입니다. 열심히 노력하면 때가 오고, 때가 오면 열매는 맺게 마련입니다. 그 기간을 인내하지 못하고 억지로 꽃을 피우려 하니 뿌리가 말라 죽는 것입니다.

깨달음을 얻기 위해서는 먼저 스승에게서 배우고 배운 바를 익혀 스스로 깨달음을 얻을 때까지 기다리는 법입니다. 다른 자보다 먼저 깨닫겠다고 부처를 태워 먹을 작정입니까?

때 되면 꽃피고 열매 맺으니 고요히 기다림이 빠른 길입니다. 그렇다고 갈 길을 게을리하면 이 또한 사람들 틈에서 뒤떨어지는 법이니 너무 빨리 가려다 뒤떨어지고 너무 늦어서 뒤떨어지면 이 또한 우둔한 자니 무릇 중도(中道)의 길을 가면 실패가 없는 법입니다.

너무 서둘러도 너무 게을러도 이루는 것은 아무것도 없습니다.

부처님이 한 사문(沙門)에게 물었습니다.

"너 옛날에 집에 있을 때에 무슨 일을 직업으로 하였느냐?"

"거문고 타는 일을 하였습니다."

"줄이 늦어 헐렁하면 어떻던고?"

"소리가 나지 않습니다."

"줄을 너무 조이면 어떻던고?"

"소리가 끊어집니다."

"줄의 조율이 알맞으면 어떻던고?"

"소리가 고르게 납니다."

가야금 줄을 너무 조여도 너무 늦추어도 소리가 나지 않습니다. 인생 또한 마찬가지여서 목적을 너무 급하게 이루려 해도, 너무 늦추어도 성공은 오지 않습니다. 사회에 자신의 신분을 속여가며 급히 출세하려 해도, 출세할 생각 없이 게을러 공부할 때를 놓쳐도 실패하는 것은 마찬가지입니다.

때가 되면 열매가 익듯 그러나 그 뿌리가 열심히 물을 길어 올리듯

중도의 길을 열심히 걸으면 성공합니다.

　너무 급하게 달리면 몸이 곤하고, 너무 누워만 있으면 몸에 병이 생깁니다. 서두르고, 게을러서 낙오자가 되는 일이 없어야 하겠습니다.

두 개의 우화

1. 두 그루 나무 이야기

시골 어느 마을에 한 청년이 미루나무 묘목 두 개를 구해 와 햇볕 잘 드는 곳에 심었습니다. 그리고 정성을 다해 보살피고 키웠습니다. 한 1년은 키운 보람대로 잘 자랐습니다. 뿌리도 제법 땅 깊숙이 박았고 가지도 실하게 굵어졌습니다. 나날이 자라는 나무를 보며 청년은 매우 흡족해했습니다.

그런데 채 2년도 안 되어 이상한 일이 벌어지기 시작했습니다. 한 나무는 더 깊게 뿌리 박으며 쑥쑥 자라고 있는데 비해, 한 나무는 잎이 시들고 가지도 약해 점점 말라가기 시작했습니다. 이대로 가다가는 아예 죽어버려 뽑아버려야 할 지경에 이르렀습니다.

청년은 도무지 이해할 수 없었습니다. 두 나무 모두 한곳에서 구한 묘목이었고, 기후 조건도, 키우는 정성도 똑같아 달리 자랄 이유가 없었던 것입니다.

메말라 죽어가는 나무를 바라보며 청년은 안타까워 발을 동동 굴렀습니다.

'도대체 이유를 모르겠단 말이야? 똑같은 조건에서 똑같이 정성을 다해 키웠는데 하나는 쑥쑥 자라고 하나는 메말라 죽어가다니…….'

그렇게 시름에 젖어 있을 때 이 마을에 한 노(老) 스님이 찾아오셨습니다.

청년은 이 노승을 공손히 모셨습니다. 얼굴이 인자하게 생겼고 매우 현자 같은 모습이어서, 청년은 이 나무에 대한 까닭을 여쭤 보기로 하였습니다.

그런데 먼저 말을 건넨 것은 이 스님이었습니다. 청년의 얼굴을 한참 들여다보더니

"자네 얼굴에 시름이 쌓여 있네, 무슨 곡절이라도 있는 겐가?"

청년이 반색을 하며 말했습니다.

"잘 보셨습니다. 실은……."

하며 자초지종 두 나무에 대한 의문을 말씀 드렸습니다.

"정말 차별 없이 정성을 다했는데 이지경이 되었습니다. 이유를 모르겠습니다."

"그러냐? 그럼 그 나무 있는 곳으로 가 보도록 하자."

그래서 두 사람은 뒷산 나무 심은 곳으로 올라갔습니다.

노승은 잘 자란 나무 그늘에 앉아 마른나무를 한참이나 바라보았습니다. 그리고 입가에 잔잔한 미소를 지으며 입을 열기 시작했습니다.

"이건 자네 책임이 아닐세, 문제는 나무 자체에 있었어!"

"……."

"자, 그럼 왜 한 나무는 잘 자라고, 한 나무는 말라죽어 가는지 이유를 말해 주겠네. 먼저 죽어가는 나무부터 설명하겠네."

두 나무는 처음에는 별 탈 없이 잘 자랐다. 그런데 잎이 트이고 가지가 굵어지기 시작하면서 한 나무에 갈등이 생기기 시작했다. 자중지란(自中之亂)이 일어난 것이다.

먼저 뿌리가 나뭇잎에게 말했다.

"야 잎아, 너는 하루 종일 따듯한 햇살을 받아 푸르게 자라고 있는데 나는 이게 뭐냐? 캄캄한 땅속에서 바위틈을 뒤며 물만 찾아야 하다니. 그 물을 길어 올려 너에게 바쳐야 하다니. 습기 찬 땅속을 헤집는 나와, 따듯한 햇볕 즐기며 살랑살랑 춤추는 너와 너무 많은 차이가 나지 않느냐? 억울하다. 이제 다시는 힘들여 물을 찾아 너에게 보내지 않을 것이다."

그리고는 뿌리 내리는 것을 멈추고 말았습니다.

그러자 이번에는 잎이 뿌리에게 반발을 하고 나섰습니다.

"이 무슨 말도 안 되는 수작을 하고 있나? 나는 비바람 맞으며, 때로는 옆의 형제 잃어가며 햇살에서 영양 받아 네게 보내거늘…… 만일 내가 너에게 햇살과 영양을 보내지 않으면 너도 오래 살지 못할 것이다.”

화가 난 잎은 스스로 몸을 말아 햇살을 받지 않았습니다.

그러자 나무기둥이 역정을 내며 협박을 시작했습니다.

“너희들이 이렇게 서로 싸우며 영양을 공급하지 않으면 나도 살아야겠으니 몸집을 줄여야겠구나!”

이렇게 해서 한 나무는 점점 시들기 시작했습니다.

그러나 잘 자라는 나무는 전혀 다른 생각을 가지고 있었습니다.

먼저 나뭇잎이 뿌리에게 말했습니다.

“뿌리야 정말 고맙고 미안하구나 네가 어둡고 음습한 땅속에서 쉬지 않고 물을 길러 올려주니 내가 쑥쑥 자라 싱싱하지 않냐? 이 고마움을 어쩌면 좋겠니?”

그러자 뿌리가 웃으며 대답했습니다.

“무슨 말을 그렇게 하냐? 나는 땅속에 있어 엄동설한 강추위에도 잘 지내고 있고 무더운 여름에도 땅속이 시원해 피서 잘하고 있잖니? 너야말로 비바람 고스란히 맞고 뜨거운 햇볕에 피할 곳도 없이 그대로 받아 내게 영양을 공급하니 너야말로 내 생명의 은인 아니냐. 이 고마움을 무엇으로 다 갚겠니. 열심히 물을 길어 올려 보낼 테니 목마르지 말고 무성히 잎을 틔워라.”

그러자 이번에는 나무기둥이 나섰습니다.

"너희들이 이렇게 협력하여 물과 햇볕 영양을 공급하니 이 허리로
는 턱없이 부족하구나. 나도 허리를 더 굵게 하여 통로를 넓힐 테니
어서어서 일이나 해라!"

이렇게 해서 또 한 나무는 무럭무럭 자라고 있던 것입니다.

노승이 웃으며 청년을 바라보았습니다.

"이제 알겠느냐? 저 죽어가는 나무는 어차피 살기 틀렸구나. 마음
고생하지 말고 뽑아버려라. 가져가서 태워버리는 게 나을 것이다."

이리하여 집안싸움 벌리던 나무는 기어이 그 운명을 다하게 되었
고, 쑥쑥 자란 나무는 더 정성스러운 보살핌을 받게 되었습니다.

2. 향기나는 꽃 이야기

한 마을이 있었습니다. 마을 뒤에는 제법 큰 산이 있었고 앞에는 강
물이 흐르는 아담한 그런 마을이었습니다.

그런데 이 마을은 오랜 동안 가뭄과 홍수의 악순환에 시달렸고, 이
재난이 끝나자 이번에는 역병이 돌아 많은 사람이 죽거나 병으로 신
음하게 되었습니다.

마을 사람들은 생각다 못해 온 마을이 합심하여 하늘에 그동안 잘
못 살아왔던 자신들의 죄를 뉘우치는 제(祭)를 지내기로 했습니다. 서

로 합심하지 않고 갈등하며, 시기하며 살아온 지난날에 대한 반성의 제사인 것이었습니다.

어른들은 일주일간 육류와 술을 마시지 않았고, 아내와도 동침하지 않기로 하였습니다. 그렇게 정성을 다해 제를 지내며 그간의 갈등을 씻고 욕심을 버리며 새 생활을 시작하기로 결의한 것이었습니다.

그런데 이상한 일이 벌어졌습니다. 타들던 가뭄 끝에 연 삼 일 비가 쏟아지더니 찬란한 무지개가 떠오른 것입니다. 그리고 다음날부터 산에서 알 수 없는 향기가 번져나기 시작했습니다.

사람들은 하늘에 감사했고 더욱더 이웃과 협력하며 살아가기 시작했습니다.

산의 향기는 어디가 그 발원인지는 알 수 없지만 이 향기가 마을에 번지기 시작하면서부터 앓는 사람도 없고 노년의 사람들도 원기를 회복하여 젊음을 되찾기 시작했습니다.

마을 사람들은 틈만 나면 산에 올라 이 향기를 맡고는 하였습니다.

그렇게 몇 해가 흘렀습니다. 그리고 이런 생활이 습관이 되었고 마을은 점점 더 번창해졌습니다. 그런데…….

이 마을 한 사람에게 욕심이 생기기 시작했습니다. 신비한 그 향기를 훔치고 싶었던 것입니다. 이 향기만 훔쳐 오면 엄청난 돈을 벌 수 있다고 생각한 것입니다.

'향기의 근원만 찾으면 된다. 이것을 집으로 가져와 큰돈을 벌자.'

이렇게 마음먹은 사람은 마을 사람들 모르게 산으로 올라가 향기의 근원을 찾아 헤매기 시작하였습니다. 그리하여 마침내 바위틈 물이 졸졸 흐르는 옆에서 향기를 발산하는 정말 아름다운 꽃 한 송이를 발견하게 되었습니다.

이 사람은 너무나 기쁜 나머지 이 꽃을 뿌리째 뽑아 몰래 집으로 가져왔습니다. 그리고 예쁜 화분을 구해 옮겨 심었습니다. 이 화분을 땅을 깊이 파서 감추어 놓고 다른 마을에 팔아버릴 생각에 골몰하고 있었습니다.

그런데 다음날 문제가 생겼습니다. 집 아이가 시름시름 앓기 시작한 것입니다. 그리고 향기도 멈추고 말았습니다.

향기가 멈추자 사람들은 다시 앓기 시작했고, 다시 가뭄이 들기 시작했습니다. 마을 사람들은 영문을 몰라 허둥댔습니다.

"도대체 어찌 된 거야. 왜 향기가 사라졌지? 다시 재앙이 오는 거 아냐?"

온 마을이 뒤집어졌지만 향기가 사라진 이유를 알 수는 없었습니다. 그러나 정작 큰일을 만난 사람은 이 향기나는 꽃을 훔쳐 온 사람이었습니다.

아이의 병은 점점 더 깊어만 갔고 엎친 데다 덮친다는 격으로 마당 안의 우물까지 말라붙기 시작한 것입니다. 그리고 꽃은 완전히 시들어버렸습니다.

　이 사람은 그때서야 깊이 뉘우치며 통곡을 했습니다. 그리고 꽃을 향해 빌었습니다.

　"제가 큰 죄를 졌습니다. 제 죄만 용서해 주신다면 평생 맑은 마음으로 살겠습니다."

　그리고 이 시들어버린 꽃을 다시 제자리에 심었습니다. 그러자 꽃에서 한 줄기 빛이 떠오르더니 석존의 모습으로 변했습니다.

　"늦게라도 잘못을 빌었으니 네 업은 소멸되었도다. 이제라도 네가 갈 길을 찾아라!"

　이 사람은 놀라 석존에게 큰 절로 예의를 올리고 하산하였습니다.

　마을은 다시 향기로 가득했고 앓던 아이도 감쪽같이 나았습니다.

　이 사람은 자신 하나의 욕심이 온 마을을 망칠 뻔했다며 크게 뉘우치고 불자의 길을 걷기 시작했습니다.

석가탑

불국사 대웅전
처마 밑
풍경소리

앞뜰 석가탑
긴 그림자

아사달
아사녀
슬픈 사연 맺히는데
고운 손 합장하며
탑을 도는 저 아낙

무슨 염원 맺혀 있어
눈가 이슬 맺히는가

다시 천년 후
누가

그녀 기억하리
저녁노을
풍경소리
슬픔 더욱 깊어라.

* 석가탑: 경주 불국사에 있는 탑. 신라의 김대성이 불국사를 건축할 때 백제 석공 아사달을
불러 석가탑을 건조하게 하였다. 아사달을 그리워한 아내 아사녀가 신라로 찾아왔지만 신라 공
주가 아사달과 결혼하고 싶어하는 것을 안 아사녀가 석가탑 그림자가 비치는 연못에 투신 자살
한다. 이를 나중에 안 아사달도 아내를 따라 연못에 빠져 죽는다. 후에 이를 무영탑(無影塔)이
라고도 불렀다.

미륵리 석불

업보 같은
돌 하나 머리에 이고
무슨 상념 사로 잡혀
눈 지긋 감고 있나

중생의 업보
무게로 느끼는가
업보 대신
돌덩이 머리에 이고 있나

무겁게 다문 입에
고뇌 가득 담기는데

철없는 술꾼 하나
흥겹게
노랫가락
읊고 서 있네.

*미륵리 석불: 충북 충주 수안보 온천 근처에 있는 미륵리 입상(立像) 석불. 신라가 망한 후 마의태자와 그 누이가 이곳에 머물다가 마의태자는 금강산으로 떠나고 누이가 남아 건조한 절터로 알려져 있음. 석불 온몸은 이끼로 덮여 있는데 얼굴은 세월이 흘러도 이끼가 끼지 않아 유명해진 석불이다.

전등사(傳燈寺)

강화도 굽이길
돌고 돌면
깊고 아늑한 야산에
전등사 있지
대웅보전
약사전
널려 있지만
여기서 얻어 갈 건
단지 등(燈) 하나

마음을 밝혀주는
등 하나로 족하지

오늘은
전등사 찾아가
등 하나 얻어

마음에 걸어두고
길(道)이나
밝힐 꺼나…….

* 전등사: 고려시대 사찰로 충렬왕 8년 왕비 정화궁주가 옥(玉)등잔을 바쳤다 하여 이름 지어
진 사찰. 약사전은 몸 약한 사람이 정성으로 예불하면 낫는다는 효험 있는 암자로 유명하다.

수덕사(修德寺)

누가 여인들의
머리 잘랐나
누가 여인들의
꿈을 훔쳤나
곱던 얼굴 화장 지우고
아름답던 몸매
회색빛 승복으로 감춰놓았네

백팔 번뇌 다 잊는
묵주 하나
손에 들려 있는데

어린 여승
맑은 눈은
꿈꾸듯 하네.

*수덕사: 충남 예산에 있는 고려 때 사찰인데 여승들만 있는 사찰로 일엽(一葉) 스님이 입적
했던 유명한 사찰이다.

낙화암(落花岩)

부소산 낙화암
쏟아지는 달빛에
꽃처럼 떨어진
삼천 궁녀
울음소리!
구슬픈 대금소리 되어
강물로 흘러가네.

*낙화암: 충남 부여에 있는 백제의 유서 깊은 곳.

무량사(無量寺)

바람은 거세어도
몸짓 하나 남기지 않고
기러기 떼 지어 날아도
날아간 흔적 없네
힘겹게 살아도
생명 다하면
그대 산 흔적
하나 없느니

중생은 훗날
티끌로도 남지 않아
한 승려
무량이라 하였네

짧은 세상 살아가며
무엇 남길까
걱정하는 중생아
무량사 찾아서

무량(無量) 이름 새겨 보게
남길 것도, 남는 것도
하나 없나니
후에 누가 기억한들
무슨 소용 있겠는가?

* 무량사: 부여에서 가장 큰 사찰. 외산 만수산 기슭, 소나무 울창하고 맑은 물 흐르는 숲속에 있다. 생육신 김시습(金時習)이 말년에 이 절로 들어와 수양하다가 59세 나이에 입적한 유명한 사찰이다. 사찰에 김시습 부도(浮屠)가 있다. 불교에서는 무량(無量)을 무한(無限)한--으로 쓰지만 이 선시에서는 티끌도 남지 않는 '양이 없음'으로 이해하며 표현했다.

청량사(清凉寺)

하늘과 맞닿은
괴암 절벽에
학처럼 서 있는
선인(仙人)들의 사찰 하나
바람으로 가슴 씻는
맑은 청량사

천계(天界)에서 내려와
나를
품어주네.

* 청량사: 경북에 있는 국립공원 청량산 산정의 아주 작은 사찰.

금대봉(金大峰)

멀리서
바라보면
숫아오른 황금 암벽

가까이 다가가면
황금빛
단풍나무

산정을 감도는
운무(雲霧)마저
황금인데

金大峰
산정에 오르면
황금은 간데없고
부질없는
돌덩이만
흩어져 있네.

* 금대봉: 함백산에 있는 1530m의 산정(山頂).

오세암(五世岩)

오세암을 찾아오면
누구나
울고 싶어지는데

오세암을 찾아오면
누구나
세상 인연 끊고 싶어지는데

머리 자른 여승 하나
무슨 미련 남았다고
사바세계 바라보며 돌처럼 서 있나.

* 오세암: 설악산에 있는 유명한 암자.

속리산(俗離山)

세속과 이별했다 하여
속리산 되었네
속인들 찾아와
잠시 세속 잊는데

어쩌랴
사람들 발길 돌리면
깊은 적막만 감돌고

눈감은 석불
혼자, 속리산
벗 되어주네.

*속리산: 충북 보은에 있는 명산(대 사찰 법주사가 있음).

1도의 각도 차이가 나중에는……

소설이나 영화에서 흔히 만날 수 있는 이야기입니다만 어릴 적 친한 친구들이 먼 훗날에는 하나는 재판관이 되고 하나는 범죄자가 되어 만나는 기막힌 이야기가 사실 현실 속에서도 흔히 볼 수 있습니다. 착실히 그리고 열심히 공부하면 후에 사회에서 존경받는 인물이 되고, 자칫 옆길로 빠지면 사회서 버림받고 냉대받는 인물로 전락하고 맙니다. 이렇게 엄청난 차이가 나는 것은 아주 작은 데부터 비롯됩니다.

학창 시절 호기심에 술이나 담배를 입에 대고, 이 쾌락에 길들여져 나중에는 걷잡을 수 없는 길로 빠져듭니다. 그래서 바른 인성을 키우자면 어려서부터 잘 다듬어야 하고 부모님들이 관심 있게 보살펴 줘야 합니다. 말하자면 어린 싹부터 잘 보살펴야 한다는 것입니다. 처음의 1도 각도 차이가 멀리 가면 서로 만날 수조차 없이 멀리 떨어지는 법칙과 마찬가지인 것 같습니다.

내가 아는 한 분의 아이 잘 키운 이야기가 기억나서 이 글을 소개하고자 합니다.

이분은 무남독녀 외동 딸 하나를 키우고 있습니다. 지금은 대한민국에서 소위 일류라는 여대에 다니고, 대학에서도 수석 자리를 놓치지 않는 재원입니다. 그런데 이 학생의 성정과정을 보면 성품 좋고 성적 뛰어난 것이 절대 그냥 이뤄진 게 아니란 걸 알게 됩니다.

아이가 초등학교 3학년이 됐을 때, 엄마는 오랜 세월 다니던 직장을 그만두고 집에서 아이를 보살피기로 작정했습니다. 자식 농사가 제일 큰 농사라는 생각에서였답니다.

원체 총명하고 착해서 학교에서 선생님 사랑도 듬뿍 받았고, 중학교에 입학해서도 변함 없이 우수한 성적을 유지하고 선생님들 사랑을 받았답니다.

그렇게 여중 3학년이 되었습니다. 남들 다 학원 다닐 때, 이 학생은 엄마가 직접 공부를 지도하며 공부와 인성교육을 시켰습니다. 아빠도 아이를 얼마나 극진히 사랑하는지 알 만한 사람은 다 알고 있었습니다.

그런데 어느 날 사건이 터졌습니다. 엄마가 외출에서 돌아와 보니 아빠가 학생을 무자비하게 때리는 거였습니다. 평소 단 한번의 손찌검도 없던 아빠였기에 놀라움이 얼마나 심했겠습니까?

때리는 빗자루를 뺏어 들고 사연을 물었습니다. 아빠가 무엇인가 집어 들어 보여주었습니다. 손바닥에 작은 귀걸이가 보였습니다.

"이게 뭐야?"

"얘가 오늘 나가더니 종일 연락도 없었어!"

마침 이날 엄마가 모임이 있어 외출했다가 저녁에야 돌아온 것입니다.

"그런데요?"

"얘가 친구들과 신촌에 나가서 귀를 뚫고 귀걸이를 한 거야!"

초등학교 때부터 담배 피우는 아이도 있고 여중생이 귀걸이 한 정도는 흔히 있는 일이라 엄마는 의아하게 생각했습니다.

"아니 그런 걸 가지고 애를 이지경이 되도록 두들겨 패요?"

종아리와 어깨에 멍 자국까지 나 있고 아이는 놀라 창백한 얼굴로 울지도 못하고 있었답니다. 그러니 놀라지 않을 수 없었던 것입니다. 더구나 평소 금이야 옥이야 하던 아빠였으니 놀라움은 더욱 클 수밖에……

매질을 멈춘 아빠가 아이를 앞에 꿇어앉히고 왜 그랬는지를 설명하기 시작했습니다.

"귀걸이 하나 한 거, 하지 말라면 그만이겠지만, 이 일은 절대 소홀히 할 일이 아니었어. 잘 들어 봐, 귀걸이를 하면 얼굴에 화장이 하고 싶어지고, 얼굴에 화장하고 귀걸이 하면 예쁜 옷이 입고 싶어지고, 예쁘게 치장하면 나가 돌아다니고 싶어지는 거야. 그러다 남자 친구 만나 사귀게 되고, 그럼 점점 공부가 멀어지고 나가 노는 게 좋아져 즐기는 것에 중독되면 나중에 네 인생은 뭐가 되겠니. 어차피 세월은 흘러 너도 곧 어른이 돼, 그때 네가 할 수 있는 무엇인가가 없으면 넌 사회 낙오자가 되는 거야. 지금 귀걸이 하나 달고 즐거운 게, 후에 네 인생을 망친다는 걸 생각해 봐. 아빠가 때려서 미안한데 때린 이유가 그거였단다. 이제 알겠니?'

엄마도 아이도 그때서야 맞은 것에 대해 이해하게 되었답니다. 그날 아빠는 식구들과 함께 외식하며 분위기를 전환시켰고 아이는 크게 깨달아 귀걸이를 버렸답니다.

여고 수석 졸업, 명문대 입학, 거기서도 수석, 지금은 외국으로 어학 연수 가서 거기서도 시험 때마다 수석이라니 얼마나 자랑스럽겠습니까? 공부하러 외국으로 떠나기 전날까지 지체부자유 학생들 봉사도 하고 떠났다니 아이 하나는 제대로 키운 것입니다.

물론 지금도 얼굴에 화장 한번 안 해 보고, 명품 옷 한번 사 입어 보지 않는답니다. 그리고 아빠는 아이 성적을 볼 때마다 늘 귀걸이를 생각한답니다. 대신 이런 말을 해주신답니다.

"나중에 사회 나가서 돈 벌더라도 사치는 하지 말고 대신 마음껏 외국여행 해서 견문 높이고 항상 이웃 생각하고, 좋은 신랑 만나서 아이 낳아 잘 키워라."

이 학생이 잘 성장하게 된 것은 결코 우연이 아닐 것입니다.

그렇습니다. 귀걸이 하나가 나중에 인생을 망치게 되는 시발점이 되는 것입니다. 학생들이 담배 피우는 것이 멋있어 보이고, 술 마시고 나이트 가는 것이 얼마나 즐겁겠습니까? 한창 나이에 그런 유혹에 한 번 안 빠질 아이가 어디 있겠습니까?

그러나 이 작은 마음가짐 하나가 한 사람의 일생을 좌우한다면 정말 귀담아 들을 이야기라 소개하는 것입니다.

처음에는 별 차이 없는 겨우 1도의 각도 차이지만 먼 훗날에는 보이지도 않게 멀어지는 운명이 되는 것입니다.

법구경에 이르기를

己爲多事 (기위다사)

非事亦造 (비사역조)

伎樂放逸 (기악방일)

惡習日增 (악습일증)

마땅히 할 일을 함부로 하고

해서는 안 될 일을 함부로 해서

마음에 맡겨 방일할 때에는

나쁜 버릇은 날로 자라나니라.

작은 습관이 한 인간의 미래를 만듭니다. 부처님의 말씀을 잘 새겨 듣도록 합시다.

죄는 스스로 자기에게서 나온다

사람들은 핑계 대기를 좋아합니다. 죄를 타인에게 떠넘기며 자기의 무죄를 증명하려 합니다. 그러나 그것은 무책임한 생각입니다.

"환경이 나빠서."

"친구를 잘 못 만나서."

"머리가 나빠서."

"나는 죄가 없는데 저 사람이 잘못해서."

대개 실패한 사람들이나 잘못한 사람들이 하는 말입니다. 내가 잘못해서 실패한 인생이 되었다고 자인하는 사람은 찾아보기 쉽지 않습니다. 그것은 실패한 그 죄를 타인에게 떠넘기는 죄를 하나 더 얹어 사는 것입니다. 물론 성공이라는 개념이 꼭 사회에서 출세하고 돈 많이 버는 것을 말하는 것은 아닙니다.(이 문제는 앞에서 이미 말씀 드렸기 때문입니다.)

자신이 원하는 일을 하며 사람의 가치를 아는 사람, 그리고 이웃과 더불어 살 줄 아는 사람, 그리고 마음에 죄가 없다면 성공한 사람으로 보아도 될 것입니다.

그런데 문제는 이 죄(罪)입니다. 이 죄는 밖에서 오는 것이 아니라 내 안에서 시작되는 것입니다. 앞서 '내가 부처다' 라고 말했듯 내가 '죄의 근원' 이라는 것입니다. 오늘은 이 죄에 대한 재미있는 이야기 두 가지를 먼저 하고자 합니다.

어느 마을에 한 떼의 청년들이 몰려다니며 누군가를 찾느라 법석을 떨어대고 있었습니다. 이들은 매우 흥분하여 사고를 칠 수도 있을 만큼 험악한 얼굴들이었습니다. 괴이하게 여겨 부처님이 이들에게 물었습니다.

"너희들이 찾는 게 무엇이냐?"

"예! 저희들이 유흥을 하기 위해 여자를 샀는데 이 여자가 도망을 쳐버렸습니다. 그래서 찾는 중입니다."

"허~~어! 이 녀석들아 여자를 찾기 전에 너희들 자신을 먼저 찾도록 하라. 너희들은 지금 너희들이 무엇을 하고 있는지 알고나 있느냐?"

이 말을 들은 청년들은 크게 뉘우치고 돌아갔습니다.

여자가 도망친 게 죄가 아니라 이 청년들의 행동이 죄라는 것을 깨우쳐 주신 통렬한 비판의 말씀입니다. 자신들의 죄를 먼저 찾아보라는 말씀이지요.

또 한 가지 이야기!

어느 사찰에 한 여인이 찾아와 불상 앞에서 슬피 우는 것이었습니다. 주지 스님이 보다 못해 물어 보았습니다.

"보살은 무슨 일로 그리 슬피 우는고?"

눈물을 닦은 여인이 스님께 공손히 절하며 이렇게 더답했습니다.

"제가, 큰 죄를 지었습니다. 아주 가까이 지내던 사락에게 말 못할 죄를 지어 부처님께 죄를 용서해 달라고 빌고 있는 중입니다."

잠잠히 말을 듣던 주지 스님이 무겁게 입을 열었습니다.

"그럼 여기서 빌지 말고 어서 그 사람에게 찾아가 빌어라. 사람에게 빌지 않고 부처님에게 빌어서 죄가 씻어지겠느냐? 그건 그 사람에게서 용서를 받는 것이니라. 다음에 부처님께 빌어라. 그건 네 자신에게 비는 것이니라. 그래야 죄의 업보가 씻어지는 법이니라."

여인이 크게 깨달아 스님께 큰 절을 올리고, 죄 지은 사람을 찾아 떠났다.

열반경(涅槃經)에서 부처님 말씀하시기를

"설사 죄를 범한 것이 있더라도 모두 참회해야 할 것이니 뉘우치고 나면 깨끗해지게 마련이니라." 하셨습니다.

죄의 근원이 자신에게 있으며 죄를 씻기 위해서는 먼저 상대에게 빌고 다음이 자기에게 빌어야 한다는 교훈입니다.

부처님은 법구경에서 죄의 근원에 대해 다음과 같이 말씀하셨습니다.

樂生旅心 (악생여심)

還自壞形 (환자괴형)

如鐵生垢 (여철생구)

反食其身 (반식기신)

악은 사람의 몸에서 태어나

도로 사람의 몸을 망친다

마치 녹이 쇠에서 나서

바로 그 쇠를 먹는 것처럼

죄를 짓지 아니하려면 먼저 마음에 부처를 담으라. 그리고 부처의 움직임대로 살아라. 그리하면 죄는 접근하지 못하고 마침내 그대는 부처가 되리라.

지난날에 얽매여 무엇하리

"인생은 걷는 그림자이며, 가련한 배우다. 잠시 동안 무대 위에서 화려하게 돌아다니지만 장면이 끝나면 흔적도 없다." ─섹스피어의 〈맥베드〉에서

인생은 참으로 빠르고 무상(無常)합니다. 아무리 즐거웠던 일도 그 시간만 지나면 과거가 되고, 아무리 괴로웠던 일도 순간에 지나갑니다. 연극무대의 배우처럼 그 연기가 끝나면 흔적도 없이 사라집니다.

이 글을 쓸 무렵 사회 최대 관심사는 전 청와대 변양균 실장과 신정아 사건이었습니다. 권력을 가지고 있을 때는 마음대로 권력을 휘둘렀으나 그것은 그야말로 지금은 '어제 내린 눈' 지금은 다 녹아지고 찬바람 부는 교도소에 갇히는 신세가 되었습니다. 그러나 잠시 시간이 흐르면 사람들 기억에서 사라지고 당사자들도 화살 같은 세월 흐

르면 다시 사회생활을 시작할 것입니다. 온 나라를 뒤집어 놓았던 샘물교회 사건처럼…….

한때 스타였던 사람들도 이슬처럼 사라져 늙거나 죽어 흔적 없이 사라지니 세상 영화라는 거, 인생이라는 거, 뭐 별거입니까?

한때 잘 나가던 사람이 흘러간 스타 시절 추억에만 잡히면 오히려 더 초라해 보입니다. 더욱 번민에 빠지게 되지요. 차라리 어제 일 잊고 현실에서 행복 찾는 게 현명한 일입니다. 아무리 아름답던 여배우라도 시간 지나면 주름 잡힌 할머니 되고, 아무리 멋진 남성이라도 나이 들면 머리 백발 감추지 못하지요. 오히려 백발 날리며 늙음을 잘 가꾸는 사람이 현명한 사람입니다. 특히 평범하게 살았던 사람보다 명성을 얻은 사람들에게 더 필요한 말입니다.

1970년대에 서울시장을 역임한 바 있는 김현옥(金玄玉)이라는 분이 계셨습니다. 서울시장까지 하였다면 장관도 총리도 국회의원도 할 수 있었습니다. 그러나 그분은 자신의 모든 생활을 털고 시골 중학교 교장으로 부임해 갔습니다. 시골 어린이를 위해, 그리고 남은 여생을 자신을 위해 바치기로 한 것입니다. 정말 현명한 분입니다.

또 정민이라는 텔런트가 있었습니다. 이분도 늙도록 연예인 생활하며 돈도 벌고 명예도 지킬 수 있었습니다만 어느 날 갑자기 은퇴를 선언하고 승려가 되었습니다.

이제는 자기 자신을 돌보고 찾을 때가 되었다며 훌쩍 떠나버린 것입니다.

그들은 늙어, 화려했던 자신들에 대해 초라한 추억에 잠기며 늙는 것을 안타까워하지 않고, 살아남은 생애에 가장 훌륭한 자아 발견에 나머지 삶을 바친 것입니다.

나는 일찍이 재벌이 이런 자리바꿈을 해 보았다는 말을 들은 일이 없습니다. 다른 유명 정치인이 이렇게 자신을 찾아 떠났다는 말을 별로 들어 보지 못했습니다.

늙어 죽을 때까지 그 힘을 유지하고 싶어서였겠죠. 그러나 다 부질없는 삶입니다. 일생에 마지막은 자기를 돌보고 살아온 삶을 조용히 되뇌어 보는 시간을 가져야 합니다. 자아 발견에 힘을 쏟아야 할 시간이 늙음입니다. 쓸데없는 추억은 사람만 더 추하게 만듭니다.

고통스러웠던 과거, 행복하고 즐거웠던 시절에 대한 추억, 모두 소주 한잔에 너털웃음으로 날려버릴 수 있는 그런 사람이 진짜 멋쟁이입니다. 그러나 그보다 더 훌륭한 사람은 자신이 걸어온 인생의 발자국에서 '진대지자기(盡大地自己: 우주에 가득 차 있는 자기를 발견하고 깨달으려는 노력)', 그 길에 정진하는 사람이 제일입니다.

지난날에 얽매여 무엇하리, 그것은 결코 되돌아오지 않음이니 죽는 순간에라도 법도를 깨달으면 그게 행복이니라.

주는 즐거움과 쾌락을 즐기는 즐거움

도덕이 있는 자는 대중을 즐겁게 하고, 도덕이 없는 자는 자기 몸을 즐긴다. 대중을 즐겁게 하는 자는 장수하고, 몸을 즐기는 자는 몸을 멸한다.—선문보훈집(禪門寶訓集)에서

대중을 가장 즐겁게 하는 사람들은 누가 뭐래도 스타 가수나 탤런트, 그리고 스포츠 스타, 그리고 사람을 즐겁게 웃기는 개그맨들이겠죠. 하지만 여기서 원하는 것은 이들 가슴에 도덕성이 있느냐 하는 것입니다.

즉 인간 내면이 따듯해서 타인을 보살피는 사람이나 냉혹한 사람이냐를 묻는 것입니다. 아무리 사람을 즐겁게 해도 그의 마음에 욕심과 야망으로 가득 차 있다면 주는 즐거움의 참뜻을 모른다는 것입

니다.

그러나 유명하여 돈 많이 벌고 이 돈으로 구제사업하여 힘든 사람을 즐겁게 한다면 그들이야말로 진정한 '주는 즐거움을 아는 사람'입니다. 진정으로 대중을 즐겁게 하는 사람일 것입니다.

정말로 사람을 즐겁게 하고 행복하게 하는 사람, 존경하는 사람 부류가 있습니다. 바로 알 수 없는 질병을 고치기 위해 눈물나는 연구를 하는 의학자나, 수술의 고통을 덜어주는 연구를 하는 의학자들이 그들입니다.

그들이야말로 대중을 즐겁게 하는 주는 즐거움의 주인공들입니다. 자신들의 연구가 성공리에 끝나 인류가 질병의 고통에서 해방된다면 이 얼마나 감격스러운 행복이겠습니까?

물론 악덕 의료인도 있어 빈축을 사기도 합니다. 그러나 이들에게는 도덕성이 없으니 더 이상 할 말은 없겠습니다.

진심으로 환자를 돌보며 아픔을 덜어주려고 노력하는 의료인을 만나면 정말 눈물나게 고맙지요. 물론 치료비는 정해진 대로 지불하지만 따듯함은 가슴으로 느끼게 되어 있습니다.

이런 의료인에게는 치료가 완전히 끝나도 잊기 힘들고, 작은 선물이라도 정성껏 준비해 보내는 게 또한 사람을 즐겁게 해주는 '주는 즐거움'을 아는 사람입니다.

이런 사람들은 절에 다니지 않아도 불교신자요, 교회에 다니지 않아도 기독교인입니다. 또 이런 사람들은 늘 마음에 '감사'를 달고 살기 때문에 마음이 평화롭고 온순합니다. 이런 성격의 사람들이 장수한다는 거죠.

억울한 일을 당해 복수하려던 분한 마음도 곧 시들고, 오히려 자신의 잘못부터 찾아보는 사람이 어찌 마음의 평화를 잃겠습니까? 마음의 평화가 늘 유지되는 사람이 어찌 쉽게 질병에 걸리며, 어찌 오래 살지 못하겠습니까? 부처를 알아 부처의 은공을 받는 것이 이런 것입니다.

하지만 몸의 즐거움을 즐기는 사람은 일찍 죽습니다. 방탕한 사람이 어찌 마음이 건강하겠으며 마음이 건강하지 못한데 어찌 몸이 건강하겠습니까? 이건 너무나 단순한 이치입니다.

어떤 제약회사 선전 문구에 이런 게 있습니다.

"몸이 건강해야 마음도 건강하다."

"몸도 튼튼 마음도 튼튼."

정말 좋은 문구(文句)입니다. 그러니 한번 생각해 봅시다. 젊어서 일 년 내내 술에 취해 있고, 하루가 멀다 않고 여자나 찾고 밤새 노름이나 하는 사람이 어찌 마음이 건강하며 몸이 건강하겠습니까? 순간적인 쾌락이 자신에게 즐거움은 주겠지만 즐기는 즐거움은 자신을 파멸시킬 뿐입니다.

방탕은 마약입니다. 순간의 쾌락에 일생을 낭비하는 것이지요. 이런 즐거움의 유혹은 참으로 뿌리치기 어렵습니다. 그러나 인생 전체로 본다면 이건 쾌락이 아니라 고통입니다.

다른 사람들 나이 들어 60이 되고 70이 되어도, 운동하고 사회봉사 다니고 할 때, 젊어서 방탕한 사람은 늙어 병들어 죽거나 질병으로 고통받고 가족들 힘들게 하는 원인이 됩니다.

술과 고기를 많이 먹으면 마음도 거칠어집니다. 마음이 거칠어지면 생활도 거칠어지고 기어이 자신의 몸도 거칠어져 수명을 다 못하거나 병약(病弱)에 시달리게 됩니다.

쾌락으로 자신을 즐길 때는 즐겁겠지만 그 끝은 불행이며 죽음입니다. 천수(天壽)를 다하지 못하는 것, 늘 병에 시달리는 것도 자신에 대한 죄입니다.

쾌락에서 자기를 제어할 줄 모르는 사람은 자기를 사랑하지 않는 사람입니다. 자기가 자기를 사랑하지 않는데 누가 자기를 돌보아 주겠습니까?

내가 아는 한 분이 있습니다. 늘 책상에서만 일하는 직업이기 때문에 건강에 각별한 관심을 가지고 있는 분입니다. 벌써 60을 넘겼는데도 불구하고 그분의 건강 나이는 40대 후반 체력을 유지하고 있다는 것이 주위 분들의 평가입니다.

나는 이분의 건강 관리법을 들은 일이 있습니다. 그리고 그 건강 유지법이 보통 노력으로 되지 않는다는 것도 알았습니다. 좋은 것을 얻는다는 것은 결코 그냥 얻어지는 것이 아니라는 진리를 다시 한번 확인하는 계기가 되었습니다.

이분은 군대 시절 담배를 하루 두 갑씩 피우는 골초였답니다. 그런데 제대 후 직장을 얻어 회사를 다닐 때, 같은 과 직원 남자 9명이 금연운동을 시작했는데 혼자만 유일하게 3개월 만에 금연에 성공했답니다. 말이 금연이지 보통 의지로는 끊지 못하는 게 담배이니 얼마나 굳게 결심했으면 그 힘든 담배를 끊었겠습니까? 술은 원래 입에도 대지 않았다니 건강 유지는 일단 성공한 셈이지요.

일이 바쁜 젊은 시절 특별히 운동할 여유가 없었는데 50대 후반 위가 약해져 약물치료 대신 시작한 것이 탁구였답니다. 가끔 시간 나면 탁구장에 가서 재미 삼아 운동 삼아 공을 쳤는데, 이게 취미가 되어 60세가 넘어 본격적으로 탁구에 매달려 이제는 아마추어 대회에 나갈 만큼 실력도 쌓았다고 합니다.

그밖에 매일 아침 6시 기상하여 7시 30분까지 인근 공원에 찾아가서 달리기와 운동기구로 운동하고 겨울철엔 헬스클럽까지 다닌다니 60대 초의 나이에 40대 체력을 갖는 것은 당연하겠지요.

말이 쉽지 매일 아침 6시에 일어나 공원을 찾는다는 것도 절대 쉬운 일이 아닙니다. 마음의 결심이 없다면 불가능한 일입니다.

그런데 건강을 지키는 진짜 요법은 웃음과 마음의 평화라는 것입니다. 또 타인에게 기쁨을 주고 주위 분들에게 틈틈이 작은 선물이라도 나눠주는 게 취미인데 이게 건강에는 최고라는 것입니다.

유독 유머가 기발한 것도 도움이 되었답니다. 그분이 있는 곳은 언제나 웃음이 끊이지 않고 주변 사람 중 선물을 받아 보지 않은 사람이 없답니다. 병원 갈 돈으로 기쁨을 주위 분들과 나누는 지혜, 이것이 최고의 건강 비결이라니 모두 한번 따라해 볼 필요가 있을 것입니다.

주는 즐거움, 그리고 쾌락을 즐기는 즐거움의 차이는 이렇게 큰 법입니다.

"창고의 보배보다 몸의 보배가 더 훌륭하다. 그리고 몸의 보배보다 마음의 보배가 더 귀하다. 마음이 몸을 만들고 몸이 창고의 보배를 만든다."

오늘 드리는 말씀입니다.

사람에게서도 향기가 난다

음식점에 가 보면 입구에 군침 도는 모형이 전시되어 있습니다. 불
고기, 냉면, 갖가지 반찬 등 지나가는 행인의 발길을 끌기에 충분한
음식 모형입니다.

　그러나 아무리 먹음직스럽고 탐나게 생겼어도 모형은 모형입니다. 무엇보다 모형 음식에서는 향기가 나지 않습니다. 물론 맛도 없고, 먹을 수는 더구나 없습니다.

　이런 것이 또 있으니 바로 조화(造花)입니다. 아무리 정교하게 만들어 달빛 받아 붉게 타오른다 해도, 만든 장미에서는 향기가 날 수가 없습니다. 자연에서 나온 장미와는 분명히 다른 점입니다.

　모양은 꽃이며 음식이라도 먹을 수 없고 향기도 없으니 한낱 물들인 양초에 불과하며, 붉은 헝겊일 뿐입니다. 음식으로, 또 꽃으로의 가치는 전혀 없는 거지요. 먹을 수 없는 음식과 향기 없는 꽃은 오래는 가겠지만, 금세 시들더라도 진짜 꽃에 비해 전혀 가치가 없는 것입니다. 사람으로 치자면 영혼 없는 사람, 깨달음이 없는 사람, 본디 마음에 사랑이 없는 사람과 마찬가지입니다.

　향기는 꽃이나 음식에서만 나는 것이 아닙니다. 진짜 향기는 사람에게서 납니다. 향기나는 사람은 따로 있습니다. 세상 이치를 깨달은 자, 심성이 착해서 누구에게나 사랑을 베푸는 자, 언제나 마음이 맑은 자, 자신을 향해 잘못한 자에게 관용을 베푸는 자, 이런 사람들은 본인이 원치 않아도, 본인은 알고 있지 않더라도, 그 삶에서 사람의 향기가 나는 법입니다.

장미나 백합의 향기보다도 진하게 풍기는 인간미의 향기! 이런 사람에게는 특별한 모습을 볼 수 있는데, 겸허한 사람, 청빈한 사람, 희생하는 사람, 사랑하는 사람, 정직한 사람, 이런 사람에게서만 향기가 나는 법입니다.

아무리 유명한 성직자라 해도 언행이 일치하지 않거나, 겸허하지 않거나, 사랑이 없거나, 희생을 두려워하면 그 사람에게서는 절대 향기가 나지 않습니다. 그리고 향기가 나지 않는 사람은 성직자가 될 자격이 없습니다. 자신도 향기가 없으면서 세상 사람에게 향기나는 사람이 되라고 말할 수는 없기 때문이죠.

이를테면 성철 스님이나 테레사 수녀, 국민들로부터 존경받는 김수환 추기경 같은 분들이 향기나는 성직자겠죠. 그러나 이름 없이 이를 실천하는 자 역시 마찬가지입니다.

특히 자신이 우월하다고 믿는 자만심을 가진 사람은 절대 향기를 풍기지 못합니다. 자신이 타인보다 우수한 사람이라고 말하고 다니는 사람은 더욱 그렇습니다.

사람은 누구나 쾌감을 즐기는데 그중 제일은 자신이 타인보다 우월하다고 믿는 자만심입니다. 이것은 인간의 본능인 자존심과도 일맥상통하는데, 자신이 속한 세계에서 인정받고 존경받으려는 우월감을 말합니다. 그것이 지배욕의 다른 형태이기 때문입니다.

물론 사람은 자존심과 우월감을 갖는 게 발전의 한 요인은 되지만, 또 누구나 능력이 같지 않기 때문에 발생되는 현상이기도 하지만, 이럴 때 향기나는 사람은 오히려 겸허하게 머리 숙이는 사람입니다.

훌륭한 인재가 겸허하게 머리 숙인다고 해서 업신여길 사람은 아무도 없습니다. 오히려 존경받습니다.

잘났는데도 겸허한 사람은 향기를 내지만, 다듬어지지도 않은 사람이 잘났다고 하면 오히려 웃음거리가 됩니다. 억지 향기는 역겹기 때문입니다.

태양은 찬란하게 빛나지만 정작 태양 자신은 자신이 빛나고 있다는 것을 알지 못합니다. 장미는 아름답고 향기롭지만 정작 자신은 자신이 향기롭고 아름답다는 것을 알지 못합니다.

마찬가지로, 겸허하고 사랑 많고 희생하고 청빈한 사람은 자신이 그런 사람인 줄을 모르는 법입니다. 그래서 존경받는 것입니다.

그러나 존경받기 위해 그런 행동을 한다면 타인들이 먼저 눈치 챕니다. 이미 말씀 드렸지만 향기를 내기 위해 향수를 뿌린다면 오히려 역겨움만 더할 것입니다.

“스스로 지(智)로 삼는 것을, 남은 이를 우(愚)로 안다.
스스로 ‘높다’고 하는 것을 남은 이를 ‘낮다’고 한다.”
오늘 드리는 말씀이었습니다.

불자

내가 머리를 깎은 것은
세상과 인연 끊어
나를 찾겠다는 뜻이오

내가 회색빛 승복 한 벌에도
황송한 것은
이마저 없을 중생들에 대한 죄스러움이요

내가 머리 숙여 부처님께
불공 드리는 것은
아직 진아(眞我)를 찾지 못했음이라

이를 알면 불자의 첫걸음이니라.

욕심쟁이 성철 스님

사람들은 성철 스님이
남루한 승복 한 벌밖에
가지신 게 없었다지만
아니지, 그게 아니지

스님은 남루한
승복 한 벌 빼놓고
세상 진리 모든 걸 다 가지셨었지

스님은 남루한
승복 한 벌 남기셨다지만
아니지, 그게 아니지

스님이 남기신 건
남루한 승복 한 벌이 아니라
세상 광명 진리를 남기고 가셨지

남루한 승복 한 벌 빼놓고
세상 진리 모두 가지셨던
성철 스님은
세상에 둘도 없는
욕심쟁이셨지.

예불

마음이 정결하면
그것으로 예불이다
풍경소리에 귀 기울이다
부질없이 눈물나면
그것도 예불이다
가난한 자에 사랑 베풀어 줌도
예불이요
부처 마음 행(行)하면
그 또한 예불이라

삼라만상 모두가 부처니
돌아보면 전부가
예불 대상이요
어디서나 몸가짐
함부로 할 것 아니니
그마저 예불이라

오늘은 산행 길에
이끼 낀 돌부처 만나
차가운 손등의
이끼 닦아 드렸지
오늘 예불은
이로 만족하리라.

해탈 1

일주문 지나도
해탈 얻지 못했네
밤새워 염불해도
해탈 얻지 못했네
석탑 108번 돌아도
해탈 얻지 못했네

일주문 지난다고
해탈 얻음 아니요
밤새워 염불한다고
해탈 얻는 것 아니요
석탑 108번 돈다고
해탈 얻는 것 아니니

해탈 얻고 싶다면
먼저 심중(心中)의 번뇌부터
지울 것이니

가슴에
번뇌 담아두고
어찌 해탈 얻으랴!

137

해탈 2

아침에 거울을 보라
거기 여래의 미소가 보이면
그대는 마음이 고요하여 부처를 닮는 날이니
누구든 사랑하고 자비를 베풀고 싶은 날이다
아침에 거울을 보라
거기 마귀가 보인다면
그대는 마음이 혼란하여 마귀를 닮는 날이니
아무나 미워하고 아무나 저주하고 싶은 날이다
부처와 마귀가 따로 없나니
네가 부처고 네가 마귀니라
그러나 거울을 깨 보라
거기 아무도 없나니
부처도 마귀도 보이지 않아
그대 비로소 해탈하였도다.

꽃

꽃에게 아름답다 한들
꽃이 알아들을 손가
꽃 보고 아름답다 말하니
지나는 중생 웃음 치며 놀리네
"네 마음의 꽃
시드는 줄 모르고
곧 시들 꽃 보고
아름답다 하는가?"

나는 부끄러워
돌아서서
얼굴 붉혔지.

마음을 끊어야지 왜 눈을 찌르나!

중세기 이태리 한 고지대에 이름 높은 수도원이 있었습니다. 훌륭한 성직자들이 대부분 이 수도원 출신일 만큼 이태리가 자랑하는 수도원입니다. 이 수도원에 한 젊은 청년이 수도사로 들어왔습니다. 총명하고 근실한 청년으로 모두가 기대를 거는 그런 사람이었습니다.

이제 3년째 접어들었습니다. 수도원장은 1년 후 하산시켜 본격적으로 종교 지도자로 만들 계획을 세웠습니다.

그런 어느 날, 이 수도원에 왕이 찾아오겠다는 전갈이 왔습니다. 시찰도 하고 어려움을 돕겠다는 취지도 있었습니다. 그런데 한 가지 문제가 생겼습니다. 몇 근위병이 따라오는 것은 문제될 것이 없지만 왕은 성년이 된 딸을 데려오겠다는 것입니다. 물론 수도원은 여자 출입이 엄격히 통제되어 왔던 터라 수도원은 난감하기 짝이 없었습니다.

"아무리 금녀의 성이라지만 상대는 왕이며 또 경제적인 지원을 위해 오는 것입니다. 어찌 공주의 대동을 반대할 수 있겠습니까?"

수도원장은 공주의 대동을 기꺼이 수락했습니다. 그리고 마침내 방문의 날이 밝았습니다. 수도사들은 아침 일찍 일어나 청소하고 깨끗한 옷으로 갈아입고 왕의 행차를 기다리고 있었습니다.

청년 수도사도 설레는 마음으로 행렬에 서 있었습니다. 왕을 가까이서 본다는 것은 참으로 영광된 일이거든요. 마침내 1시각이 지나 행렬이 도착했다는 전갈이 왔고 그로부터 얼마 지나지 않아 수행원과 공주를 대동한 왕 일행이 문 열린 수도원으로 걸어오기 시작했습니다.

청년 수도사는 숙였던 머리를 살짝 들어 올려 왕을 훔쳐보았습니다. 당당하고 기품이 있어 보이는데다 위엄까지 갖추고 있어 저절로 존경심과 충성심을 일으키게 하는 모습이었습니다. 그러나 그를 더 놀라게 한 것은 왕의 기품이 아니라 마치 하늘에서 내려온 천사 같은 공주였습니다. 아주 가까이에서 보았기 때문에 이 젊은 수도사는 태어난 이래 처음으로 여인의 향기를 맡을 수 있었고, 처음으로 여인을 가까이서 볼 수 있었습니다. 더구나 아름답기로 이미 유럽 일대에 소문난 공주였으니 이 젊은 수도사는 그만 그 자리에 쓰러질 것만 같은 황홀감과 충격에 빠진 것입니다.

오후에 왕은 돌아가고 모든 생활이 일상으로 돌아왔습니다. 그러나 이 젊은 수도승은 충격에서 헤어나지 못하고 있었습니다. 희고 고운

피부에 발그레한 얼굴, 반짝이는 검은 눈, 치렁치렁한 검은 머릿결, 가늘고 가는 허리, 그리고 형용할 수 없는 향기, 게다가 순간적으로 눈이 마주쳤을 때 보여주었던 잔잔한 미소. 심장이 터질 것 같던 순간—

잠시도 공주의 모습이 머리에서 떠나지 않아 수도(修道)는 고사하고 밤잠을 이룰 수 없었고 음식도 목으로 넘어가지 않았습니다. 한번만 더 볼 수 있다면 그만 죽어도 소원이 없을 것 같았습니다. 마침내 이 청년 수도사는 번민과 고통에 빠지게 되었습니다.

정신은 흐트러져 집중이 안 되고 몸은 점차 여위어 갔습니다. 수도원장도 그가 왜 갑자기 몸이 여위고 예배와 기도모임에 빠지는지 알 수가 없었습니다. 그래서 걱정이 되어 상담도 해봤지만 별 소득이 없었습니다.

그렇게 석 달이 지난 후 이 청년 수도사는 두 가지를 깊이 생각하고 있었습니다. 수도를 멈추고 하산하여 목숨을 걸고 공주를 찾아갈 것인가, 아니면 스스로 목숨을 끊어 이 번민을 털어버리고 말 것인가를 심각하게 고민하고 있었던 것입니다. 눈을 감아도 그리운 공주의 생각, 기도를 시작해도 공주의 향기만이 마음을 어지럽히니 아무것도 할 수 없었던 것입니다.

그러던 어느 날 그는 무엇을 결심했는지, 창고로 들어가 끝이 날카로운 송곳 하나를 꺼내 들었습니다. 그 송곳 끝을 바라보는 그의 눈에 눈물이 글썽였습니다. 이제 자신이 자신의 눈으로 볼 수 있는 마지막

물건은 이 송곳의 날카로운 끝이 될 것입니다.

잠시 그렇게 서 있던 청년 수도사는 송곳으로 자신의 두 눈을 찔러 버리고 말았습니다.

자신이 이지경이 된 것은, 공주를 목격한 이 두 눈 때문이니 눈은 죄를 지어 파내야 한다고 생각했던 것입니다. 그의 가륵한 신앙심이 자신의 고통을 이겨내는 순간이었습니다.

후에 이 일을 알게 된 교황청은 이 청년에게 세인트(Saint, 聖) 즉 성인 칭호를 수여하여 그를 기리게 하였습니다.

두 눈을 버림으로 자신의 신앙을 지켜낸 이 청년의 결의는 대단히 훌륭합니다. 성(聖) 칭호를 받아도 손색없는 수도사입니다. 그의 이야기가 전설적으로 내려오는 것도 충분히 이해합니다. 존경받아 마땅하고 길이 기리는 것도 당연합니다.

그러나! 나는 이 이야기를 책에서 읽고 잠시 다른 생각을 하게 되었습니다. 이 청년 수도승이 어리석은 짓을 했다는 생각이 머리를 떠나지 않았습니다. 몸은 부모님에게서 물려받은 것이고, 몸 중에서도 특히 눈은 귀하고도 귀한 부분입니다. 이걸 찔러 눈을 보이지 않게 한 것은 부보님에 대한 죄이며 신에 대한 죄인 것입니다. 그런데다 앞이 안 보이니 공주를 잊는데 더 많은 시간이 걸릴 게 분명합니다. 아무것도 안 보이니 생각은 안으로 침착할 것이며 그 생각은 공주에게로 더욱 쏠릴 것입니다.

나는 지금도 생각합니다. 이 청년 수도승은 눈을 찌를 것이 아니라 그 송곳으로 자신의 마음을 찔렀어야 합니다. 마음을 바꿔 공주에 대한 집착을 끊어야 도리였습니다. 힘들더라도 눈을 찌를 용기라면 충분히 집착도 끊을 수 있습니다. 이 사건은 단지 불행한 사건에 불과합니다.

성경에 '회개(悔改)' 란 말이 나옵니다. 그러나 원어의 뜻은 '회개' 가 아니라 '마음을 바꾸다' 라 발표한 일이 있었습니다. 그렇습니다. 마음을 바꿨으면 이런 비극적인 일은 벌어지지 않았을 것입니다. 그 청년의 고통이 얼마나 컸을까 가슴 찡한 이야기입니다.

사십이장경(四十二章經)에 있는 이런 부처님의 말씀을 소개합니다.

부처님은 말씀하시기를, 어떤 사람이 음욕이 그치지 않는 것을 걱정해서 자기의 생식기를 끊고자 했다. 그래서 부처님은 그에게 일렀다. ―그 생식기를 끊는 것은 그 마음을 끊는 것만 못하다. 마음은 공조(功曹:안팎일을 맡은 벼슬 이름)와 같은 것이니, 만일 공조가 그치면 모든 따르는 사람도 그치겠지만, 사악한 마음이 그치지 않으면 생식기를 벤들 무슨 소득이 있겠는가? 그리고 부처님은 그를 위해서 계(偈:불교의 시)를 읊었다.

"욕심이 네 뜻에서 생기고 사상(思想:조작과 집착)으로써 생기는 것이니, 두 마음(思와 想)이 각각 고요해지면 모든 색(色:모든 번뇌하는 물질)은 색이 아니요, 모든 행(行:모든 생멸변화(生滅變化))도 행이 아니다." ―또 이르시되 ―이 말씀은 가설불(과거 일곱 부처님 중의 한 분, 또 석가불의 제자)의 말씀이시다 하였다.

또 부처님은 말씀하시기를 "사람은 사랑과 욕심을 쫓아 두려움이 생기는 것이니, 만일 사랑을 떠나 보내버리면 무엇을 걱정하고 무엇을 두려워하랴?" 하셨습니다.

법구경에 이르기를

好樂生憂 (호락생우)

好樂生畏 (호락생외)

無所好樂 (무소호락)

何憂何畏 (하우하외)

사랑으로부터 걱정이 생기고

사랑으로부터 두려움이 생긴다

사랑이 없으면 걱정이 없거니

또 어디에 두려움이 있겠는가?

욕심을 끊으려면 먼저 마음을 끊어야 합니다.

오늘 드리는 말씀입니다.

외양(外樣)에 미치지 마라

부처님은 "미혹(迷惑)당하지 말라."는 말씀을 자주하셨습니다. 미혹이란 무엇인가에 홀린다는 말입니다. 무엇인가에 홀리면 본분을 잃고 방황하기 때문입니다. 그런데 우리는 자칫 본분을 잃고 엉뚱한 미혹을 당하여 사명감의 본질을 잃는 수가 많습니다.

윗글에 예를 든 청년 수도사도 마찬가지입니다. 물론 여자와 만날 기회가 없는 처지에 그것도 유럽 귀족들의 선망의 대상인 미모의 공주를 보았으니 어찌 마음이 흔들리지 않겠습니까? 그러나 청년 수도사의 본질은 수도사입니다. 잠시 흔들릴 수는 있겠지만 미혹에 빠져서는 안 되지요. 그는 자신의 벌거벗은 참모습, 진짜 자기 모습 즉 진아(眞我)를 발견하지 못해 생긴 불행이었습니다.

거대한 불상을 만들어 놓고 동양 최대 불상이라며 자랑하기도 합니다. 엄청난 사찰을 지어놓고 동양 최대 사찰이라고 자랑도 합니다.

나는 이런 것들이 미혹이 아닌가 생각합니다. 동양 최대의 석불을 만들어 어쩌자는 것입니까? 동양 최대의 사찰을 만들어 어쩌자는 것입니까?

중요한 건 사람입니다. 아무리 작은 사찰이라 하더라도 원효대사나 서산대사, 사명당, 성철 스님, 법정 스님, 이런 불출세의 대 승려들을 배출하는 것이 큰 사찰이지 석불이 크고 사찰이 큰 것은 아무 의미도 없다는 것입니다.

또 비록 보잘것없는 암자라 하더라도, 불상이 손가락만 하더라도, 깨우침을 얻은 승려 가 있는 곳이 진정한 사찰이며 부처가 계시는 곳입니다.

국회의원 선거 때 보면 전국 최대 득표자가 발표됩니다. 그러나 전국 최다 득표를 하였다고 전국 최고의 국회의원이 되는 건 아닙니다.

국정에 성실하고 열심히 하고, 또 깨끗해야 훌륭한 정치인이 되는 것입니다. 그런데 언제부터인가 우리나라는 외양에만 관심을 쏟고 그 본질에는 등한히하는 외양 지상제일주의의 미혹에 빠져 있습니다.

내면의 아름다움에는 소홀히하면서 얼굴만 예쁘면 그만이라며 소중한 얼굴을 돈 주고 뜯어 고치고, 실력보다 학벌이 제일이라니 가짜 학벌, 가짜 학위가 판치는 것입니다. 서울대학을 동양에서 제일 크게 짓는다 하더라도 학력평가가 뒤떨어지면 무슨 소용이 있겠습니까?

미혹된 사람들은 자신이 누군지 모르게 됩니다. 교수직을 얻었다고 다 교수가 아니며 승복을 입었다고 승려가 아니며 높은 공직에 있다고 다 공직자가 아닙니다. 본분을 모르고 그 자리의 본질을 모르면 다 허상입니다. 미혹된 자들이지요.

사람이라도 자신의 본성(本性)을 모르면 사람이라 할 수 없습니다. 사람이 사람의 본성을 알려면 외양이 아닌 인간 내면, 벌거벗은 자신의 모습을 볼 줄 알아야 합니다.

라즈니쉬는 이런 형태에 대해 다음과 같이 역설하고 있습니다.

그대는 자신이 누구라고 하는 생각에 수천 가지의 동일시(同一視)를 만들어낸다. 그대는 누구의 남편이거나 누구의 아내라고 생각한다. 하지만 그것은 그대 본래 모습이 아니다. 그대가 날 때부터 남편으로 태어났는가? 날 때부터 의사나 기술자였던가? 그것들은 그대와 사회가 만들어낸 합작품일 따름이다. 그대의 생존방법과 공허함을 잊기 위해서 말이다. 그러한 공허감을 잊지 못한다면 그대는 사회에서 낙오된다는 불안감으로 미쳐버리고 말 것이다.

그리고 사람들은 거기에 만족하지 않는다. 그들은 그런 거짓된 동일시를 더욱 두텁게 만든다. 하나의 동일시 위에다 다른 것을 쌓고 또 쌓는다. 그들은 정치적인 모임에 가입하고 종교의 구성원이 되며, 로터리클럽이나 라이온즈클럽 회원에 가입한다. 그들은 계속해서 자신이 누구인가라는 생각을 끊임없이 만들어 갖다 붙인다. 그대가 낙오되었거나 미치지 않았다는 증거를 보여주기 위해서는 반드시 이런 것이 필요하다.

그러나 사람은 완전히 벌거벗은 자신과 대면해야 한다. 그대가 입고 있는 사회적 옷을 벗어버린 채 말이다.

이것이 미혹이다. 모든 사람은 자신의 본성을 보지 못하고 삶을 산다. 진정한 자기 모습보다는 지금 활동하고 있는 껍데기를 더 좋아한다. 그대 자신을 그저 지켜보아라. 그러면 "사람들은 모두 미혹되었다."는 정말로 의미 깊은 말로 이해될 것이다.

그 때문에 사람들은 전부 잘못된 방향으로 나아가고 있는 것이다. 그것이 삶이 불행하고 고통으로 가득 차게 되는 이유다.

저는 이 말을 참으로 좋아합니다. 외양에 치우치면 본질을 보는데 방해가 됩니다. 절간을 꾸미고 가꾸는데 치중하면 언제 불공을 드리고 언제 깨달음을 얻겠습니까? 신도 숫자 헤아리며 언제 자아를 찾겠습니까?

기억하라, 부처란 말은 한 개인의 이름이 아니다. 그것은 단지 '깨어난 사람'을 가리키는 말이다. 잠에서 깨어난 사람은, 자신이 누근지를 깨달은 사람은 모두가 부처다. 그대 역시 부처다. 거기 차이가 있다면 그대는 그 사실을 깨닫지 못하고 있다는 것뿐이다. 그대는 결코 자신의 내면을 들여다보지 않았기 때문에 거기에 부처가 있는 줄을 모른다. 깨달음은 바로 그대 삶의 근원이다. ─달마의 말씀 중에서 그대여, 진짜의 자기를 찾아라, 그대의 본성을 발견하라. 그리하려면 자신이 부처가 되어라. 부처가 될 때만이 자신이 누구인지 알 것이다.

프랑스의 사상가이자 『참회록』으로 인류의 심금을 울린 루소는 다음과 같은 말을 남겼습니다.

인간은 본래 제왕도 귀족도 부호도 아니다. 인간은 최초 알몸으로 가난하게 태어난다.

이 말의 뜻만 깊이 이해해도 해탈의 경지에 이를 것입니다.

부처님도 "출신에 의해 미천한 사람이 되는 것은 아니다. 출신에 의해 바라문(구도자)이 되는 것도 아니다. 행위에 의해 미천한 사람이 되기도 하고, 행위에 의해 바라문이 되기도 한다." 라고 말씀하셨습니다.(수타니파타에서)

입고 있는 옷을 벗으면 누구나 다 같아 보입니다. 그러나 옷을 입으면 인간의 계급이 보입니다. 그리고 다시 영혼을 바라보면 영혼이 천한 사람과 영혼의 귀족이 보입니다.

깨달음에 눈뜨면 빛나는 불성이 보입니다. 옷이, 감투가 그것이 곧 삶의 전부가 아닙니다. 보이는 것이 전부가 아니라 보이지 않는 것을 볼 줄 알아야 합니다. 외양에 미혹되지 마십시오.

끝으로 외양과 미혹에 대한 부처님 말씀을 소개합니다.

형체에 미혹되지 않고 형체를 보며, 소리에 미혹되지 않고 소리를 듣는 것이 바로 해탈의 상태다. 형체에 집착하지 않는 눈이 바로 선으로 들어가는 문이며, 소리에 집착하지 않는 귀 역시 선으로 들어가는 둔이 된다. 간단히 말해서 모든 현상의 본질을 이해하는 자는 어떤 것에도 집착하지 않고 자유롭다.

미혹됨이 없을 때 마음은 불국토가 된다. 미혹되는 순간 마음은 지옥으로 변한다.

교만 이야기

옛날에 어떤 바라문이 있었습니다. 모든 경전을 통달해서 그 뜻을 다 알았다고 합니다. 스스로 천하에 겨눌 적(敵)이 없다고 판단한 그는 적을 찾아 천하를 떠돌아다녔으나 그를 따를 학문을 갖춘 자를 만나지 못했습니다.

그는 더욱 교만해졌습니다. 그는 횃불을 만들어 한 큰 성(城)으로 들어갔습니다. 사람들은 대낮에 횃불을 들고 다니는 이 사람이 이상하게 보여 말을 걸었습니다.

"그대는 어찌하여 대낮에 횃불을 들고 다니는가?"

교만할 대로 교만해진 그는 이렇게 답하였습니다.

"세상이 하도 어두워 눈이 있어도 보이는 것이 없다. 그래서 횃불을 들어 세상을 비추는 것이다."

라며 거만을 떨어대는 것이었습니다. 부처님은 이 자를 불쌍히 여기어 그에게 나가 물었습니다.

"경전에 四 명(明)의 법이 있는데 그대는 알고 있는가?"

이 바라문은 대답을 할 수가 없어 머리를 숙였고 자청하여 부처님의 제자가 되었답니다.

나폴레옹이 유럽 전역을 정복하며 승승장구하던 어느 날 장교들의 사기를 알아보기 위해 그들이 쓰는 장교 전용 목욕탕을 찾아 들어갔습니다.

현대같이 매스컴이 발달되지 않은 시대라 사실 나폴레옹의 얼굴을 잘 아는 사람은 측근들밖에 없어 이들은 목욕탕을 찾아온 그를 알아보지 못했습니다. 키는 작고 머리는 벗겨지고 배는 불룩 나온 이 작은 사내가 황제이리라고는 더욱 생각 못했겠지요.

모두가 수증기 자욱한 목욕탕에서 물에 잠기기도 하고 누워 휴식도 취하는데 물에 잠긴 나폴레옹의 몸은 겨우 머리만 나올 정도니 우습게 보였던 모양입니다.

큰 몸집에 당당한 체구를 가진 한 장교가 나폴레옹을 바라보며 물었습니다.

"그대는 장교인가?"

"예, 장교입니다."

나폴레옹이 무표정한 얼굴로 대답했습니다.

장난기가 발동한 거구의 사내가 다시 거만하게 물었습니다.

"한— 소위쯤 됐나?"

"그보단 좀 더 높습니다."

"그럼 대위?"

"그보다도 좀 더 위입니다."

"그럼 영관급이란 말인가? —소령?"

"그보다—조금—더—."

이 거구의 사내는 의아한 얼굴로 바라보았습니다. 혹 중령? —중령이라면 자기와 같은 계급 아닌가? 그런데 여기 올 정도의 얼굴이라면 대충 알기 때문이었습니다.

"그럼— 중령이오?"

"그 보다도 좀 더~~"

"그—그 그럼 대—대 대령이—십니까?"

"그 보다 좀 더 높지~"

사내가 놀라 벌떡 일어섰습니다. 이때 나폴레옹의 직계소속인 대령 하나가 들어오다 황제가 와 있는 것을 보고 놀라 벌거벗은 채 군대식 경례를 붙이며 소리쳤습니다.

"황제 폐하— 여기는 어떻게—."

거구의 사내는 그 자리에서 쓰러지고 말았습니다.

후에 황제는 이 거구의 장교를 일 계급 특진시켜 전방으로 보냈고 감격한 그는 충성을 다해 전투하여 장군까지 되었답니다.

교만한 것도 덕이 될 때가 있는 모양입니다. 한 바라문은 교만 덕에 부처님 제자가 되었고, 한 장교는 장군까지 되었으니 말입니다. 하지만 겸손의 미덕이 제일 아름답습니다.

부처님 이르시기를, "너희들 비구니는 마땅히 스스로 머리를 숙여라. 이미 몸의 꾸밈을 버리고 가사(袈裟)를 입고 바가지를 들고서 동냥으로써 살아가는 것이다. 자기가 보기에도 이러하거니와, 만일 거기에 교만이 생기거든 빨리 없애버릴지니라. 교만을 더 기르는 것은 세속 사람으로서도 오히려 마땅한 일이 아니거늘, 하물며 집을 나와 도(道)에 들어간 사람으로서, 해탈을 위해 자기를 낮추어 동냥으로 살아가는 중에 있어서 더 무엇하랴." 하셨습니다.

출가한 사람은 누구보다 더욱 겸손하여 교만을 버려야 한다는 말씀입니다.

집착하지 말기, 그리고 버리기

열반경(涅槃經)에 이르기를 "자아(自我)에 대한 집착이 없고 탐욕이 없어서 저절로 청정해져서 해탈을 얻는다."라고 하였습니다. 무엇이 되었든 마음에 집착하는 것이 생기면 번뇌가 생기고 번뇌가 생기면 마음이 청정해지지 않아 해탈을 얻지 못한다는 뜻입니다.

집착을 없애려면 모든 욕망을 버릴 줄 알아야 합니다.

서양의 한 사람이 부처를 알게 되어 너무나 감격한 나머지 부처를 이렇게 평하였습니다.

'위대한 포기(The great renouncement)'

부처나 예수가 위대한 성인(聖人)으로 추앙받는 것은 바로 이 위대한 포기 때문일 것입니다. 부처는 왕족으로 왕을 버렸고, 예수는 왕의 자리를 버렸습니다. 그렇기 때문에 후세대 인류는 그들의 발자취를 따라가려 하는 것입니다.

한 민족의 왕이 되는 것을 포기했기 때문에 두 성인은 인류의 영혼과 정신의 왕이 된 것입니다. 권력과 부의 유혹에 대한 집착을 버림으로 인간의 본성을 밝혔고 인간의 참 가치를 회복시켜 주신 것입니다.

인간의 집착은 참으로 무섭고 집요합니다. 권력을 잡기 위해 목숨을 걸고, 한 여인에 대한 집착이 사람을 죽입니다. 부(富)를 위해 타인에게 참기 어려운 고통을 주면서도 양심의 가책조차 느끼지 않습니다. 이것이 인간의 집착이라는 병입니다.

사람이 무엇인가에 집착하고 있을 때는 그 집착 대상 밖에 머리에 떠오르는 게 없습니다. 그러나 그 집착을 놓아버리면 비로소 자신이 얼마나 우둔했던가를 알게 됩니다. 집착을 놓아버리면 그때는 자신의 아둔함에 대해 실소(失笑)를 금치 못할 것입니다.

집착은 곧 탐욕입니다. 탐욕은 마치 밑 빠진 독 같아서 아무리 채워도 채워지지 않습니다. 처음의 야망을 채우면 다음 야망이 생기고 그 야망을 채우면 더 큰 욕망이 생겨납니다.

이는 마치 바다에서 표류하는 사람이 목마르다고 바닷물을 퍼 마시는 것과 같은 모습입니다. 아무리 마셔도 생기는 것은 해갈이 아니라 더한 갈증입니다. 그것은 바로 자신의 파멸로 이어지게 되어 있습니다.

어느 문인이 다음과 같은 절규를 내뱉었습니다.

"정말 진실을 찾는 사람은 가루보다 더 잘게 부서지는 비참한 고통을 맛보지 않으면 안 된다. 지푸라기 하나라도 들어 올릴 기운이 없을 정도로 자신을 낮추지 않으면 안 된다. 나는 이 땅의 많은 사람들이 위대한 포기를 하기 바란다. 많은 것을 진짜로 한번 버려 보자. 그러면 버릴수록 더욱 넉넉해지는 신비를 얻을 것이다."

위대한 포기는 위대한 진리와 빛을 획득한다. 버리는 참담의 빛나는 대가이다.

집착과 탐욕, 어리석음에 대하여 라즈니쉬는 이런 재미있는 예를 들려주었습니다.

한 지독한 구두쇠에 대한 이야기를 들은 일이 있습니다. 그는 너무나 욕심이 많아서 그의 아내가 죽어가고 있는데도 전혀 돌보지 않고 돈만 계산하고 있었습니다. 사람들이 곧 의사를 부르지 않으면 죽을지도 모른다고 말했지만, 그는 들은 척도 하지 않았습니다.

"사람이 죽고 사는 건 운명이 결정하는 거야, 그러니 돈을 거기에 쓸 필요가 없지. 만약 살아날 운명이라면 어차피 살아나게 되어 있어. 의사를 불러 봤자 아무 소용 없어."

그러자 옆의 친구들이 이렇게 말했습니다.

"우리는 자네처럼 욕심 많고 돈에 집착하는 사람은 처음 보았네. 자네가 욕심 많다는 소리는 들었지만 이건 너무한 것 아닌가? 자네가 죽으면 이 돈이 다 무슨 소용이 있겠나!'

그러자 이 구두쇠가 답했습니다.

"나도 다 생각이 있네!"

친구들은 궁금해서 다시 물었습니다.

"생각이라니."

"나는 죽을 때가 되면 이 돈을 전부 배에 싣고 바다 한가운데로 가서 돈과 함께 바다로 뛰어 들어가버릴 걸세."

그 말을 들은 친구들은 어이가 없었습니다.

"자네는 정말 미쳤군. 그 돈을 놓아두고 가면 가난한 사람들이 요긴하게 쓸 것 아닌가?"

그러자 이 사람은 정색을 하며 말했습니다.

"나도 안다네, 하지만 적어도 내 돈으로 다른 사람이 즐기는 것은 막을 수 있지 않은가?"

─그대는 모든 종류의 욕심 많은 사람들을 볼 수 있을 것이다. 또한 그대 속에서도 모든 종류의 욕심이 들어 있음을 알게 될 것이다. 그리고 그 욕심 이 채워지지 않으면 화가 나고 좌절에 빠질 것이다. 세상을 저주할 것이다. 그대는 가진 것도 부족하여 더 갖지 못함을 저주할 것이다.─라즈니쉬의 〈달 마〉 중에서

위에 예를 든 사람은 돈에 갇혀 사는 사람입니다. 감옥에 갇혀야만 갇혀 사는 게 아닙니다. 어떤 사람은 권력에 갇혀 살고 어떤 사람은 돈에 갇혀 살고, 어떤 사람은 색욕(色慾)에 갇혀 살고, 어떤 사람은 마 약에 갇혀 살고, 또 어떤 사람은 지식에 갇혀 삽니다. 평생 이런 감옥

에 살면서도 자신이 갇혀 있다는 것을 모릅니다. 그리고 그 감옥이 자신에게 행복을 준다고 믿고 있습니다.

그러나 돈이 많다고 행복에 종지부를 찍는 것은 아닙니다. 권력이 있다고 행복이 거기서 멈추는 것은 아닙니다. 색에 빠졌다고 행복이 절정에 이르는 것은 아닙니다.

세계적인 재벌이었던 고 정주영 현대그룹 회장은 최고 권력인 대통령에 출마했다가 낙마했고, 전두환 전 대통령은 퇴임 후에도 권력을 유지해 보려고 일해재단을 설립하려 했고, 김대중 전 대통령은 퇴임 후에도 계속 정치권에 간섭하고 있습니다.

정말 힘들게 공부해서 출세한 대통령의 측근인 청와대의 변 실장은 한 젊은 여성과 애정 행각 끝에 권력남용죄로 감옥에 가 있고, 이 젊은 여성은 자신의 야망을 채우기 위해 권력자를 이용하여 출세했다가 꽃다운 나이에 인생에 종지부를 찍게 되었습니다. 집착과 욕망을 버려야 할 때 버리지 못하고 움켜쥐고 있다가 모두를 놓쳐버린 것입니다.

사실 버린다는 것은 참으로 어려운 일입니다. 더구나 한평생에 걸쳐 이룩한 것을 버리기란 더욱 어려운 일입니다. 그러나 일단 버리기만 하면 영혼의 빛을 회복하게 됩니다. 빛을 회복한다는 것은 진실로 기쁨을 얻는 것이며 진짜 행복을 획득하는 것입니다. 이것이 곧 해탈입니다.

권력욕, 재물욕, 색욕, 이런 탐욕들은 아무리 마셔도 갈증이 풀리지 않는 마약입니다. 마셔도, 마셔도 끝이 없습니다. 갈증 해소를 위해 바닷물을 퍼 마시는 행위입니다.

성공하십시오, 돈을 버십시오. 그걸 나쁘다고 말하는 것이 아니라 획득한 것을 언제 어떻게 버리느냐, 언제 위대한 포기를 하느냐 하는 데서 사람의 가치, 인격이 창출되는 것입니다. 사람으로 태어난 보람을 다하는 것입니다.

세상에 손쉽게 성공하는 법은 없습니다. 재산을 갖던 권력을 갖던 있는 힘을 다해야 얻습니다. 하물며 내면의 세계에 빛을 구하는 일이 손쉽게 얻어지리라 생각하면 그건 크나큰 착각입니다. 그대의 내적 성공을 위해서는 뼈가 부서져 가루조차 손에 쥘 힘이 없어야 깨달음을 얻을 수 있습니다.

지름길을 선택하려 하지 마십시오. 지름길로 해탈을 얻겠다면 그건 착각입니다. 고생과 노력과 실패 끝에 얻어지는 게 참다운 가치가 있는 것입니다.

'위대한 포기' 그것을 획득해야 합니다. 이를 행하면 해탈하는 것입니다. 해탈을 위해서는 먼저 깨달음을 얻어야 합니다. 깨달음을 얻기 위해서는 마음을 청정히해야 합니다. 마음이 청정해지면 해탈을 얻는 것입니다.

맑게 사는 사람은 어디서나 맑아 보입니다. 해탈 지경에 들어가지는 못하더라도 마음 청정히 삽시다.

어리석은 사람

예전에 한 부잣집이 있었습니다. 이 부자는 돈이라면 자다가도 벌떡 일어날 사람이지요. 그렇게 무섭게 돈을 벌면서도 또 쓰는 데는 인색하기 짝이 없어 사람들은 자린고비라며 손가락질을 하였습니다. 이 사람도 그걸 잘 알고 있었습니다. 하지만 전혀 변하지 않았습니다.

"나를 비난하고 싶으면 비난해 봐라, 돈이 아쉬우면 찾아와 살려 달라고 통 사정을 할 테니. 흠, 두고 보라지!"

그건 사실이었습니다. 마을이 가난하여 급한 일이 생기면 어쩔 수 없이 이 부잣집을 찾을 수밖에 없기 때문입니다. 돈을 빌려주면 고리 이자를 붙이고, 제때에 돈을 갚지 못하면 밥솥이라도 떼어가야 직성이 풀리니 원성이 자자한 건 불을 보듯 뻔한 일인 것입니다. 교만은 하늘에 차 있고, 가난한 자에게 잔인하기는 이를 데 없으나 이를 제지

할 사람은 아무도 없었습니다.

창고에 쌓인 곡식은 밑의 것이 썩어가고, 비단은 곰팡이가 번져도 나누어 갖지도, 이를 팔아 이웃을 돕지도 않았습니다.

그러나 이 못된 사람에게도 불행이 찾아왔습니다. 끝이란 게 있기 때문이죠. 시름시름 앓기 시작하더니 기어이 몸져눕게 되었습니다. 그런데 불행은 겹쳐 온다고 어느 날 이 대궐 같은 집에 불이 났습니다.

아픈 몸을 이끌고 불을 끄라며 소리소리 질러댔습니다. 마을 사람들도 몰려들었습니다. 그런데 안타깝게도 누구 하나 팔 걷어붙이고 나서는 사람이 없었습니다. 재미있다는 듯 팔짱 끼고 불구경만 하고 있는 것이었습니다. 참다못한 이 부자 영감이 소리쳤습니다.

"구경만 하고 있으면 어떡해, 빨리 물을 날라 퍼부으라고."

그러자 한 사람이 나섰습니다.

"불을 꺼주면 얼마를 주겠소."

"돈? ―음, 충분히 주겠네, 그러니 어서 물을 날라 오라고―."

다급한 그는 얼굴이 벌게져 소리쳤습니다.

"얼마나 주실 건지 약조하시고, 계약서를 만들면 불을 꺼 드리죠."

이러는 사이 불은 기어이 창고로 옮겨 붙어 쌓아둔 비단과 곡식을 전부 태워버리고 말았습니다. 그런 후에야 이 사람은 크게 뉘우치고 사람이 혼자 사는 게 아니란 걸 깨닫게 되었습니다.

법구경에 이르기를

惡自受罪 (악자수죄)

善自受福 (선자수복)

亦各須熟 (역각수숙)

彼不相代 (피불상대)

스스로 악을 행해 죄를 받고

스스로 선을 행해 그 복을 받는다

죄도, 복도, 내게 매어 있거니

누가 그것을 대신해 받으랴.

모든 세상사 모든 일은 자기가 행한 대로 거두는 법입니다. 부처님이 늘 하시는 말씀, 업보란 이런 뜻입니다. 하루하루 삶을 부처님에게 보고한다는 생각으로 산다면, 하루하루 일기를 써 보여 드린다고 생각한다면 우리는 늘 깨끗하고 청정한 마음을 유지하며 살아갈 것입니다.

죄는 누가 지어주는 것도 아니고 그에 대한 응보도 누가 대신 받아주는 게 아닙니다. 모두가 나 할 탓입니다. 천주교에서 자신의 죄를 회개할 때 쓰는 말이 있습니다.

"내 탓이요, 내 탓이요, 내 큰 탓이로소이다."

정말 좋은 회개의 말이며 방법입니다.

옛 말씀에 이런 게 있습니다.

讐怨 莫結 (수원 막결)

人生 何處 不相逢可 (인생 하처 불상봉가)

路逢俠處 難回避 (노봉협처 난회피)

원수를 맺지 마라

살다 보면 다시 만나지 않을 수 있겠는가

외나무다리에서 만나면 피할 길이 없느니라.

노을을 바라보며

해는 저물어
서산에 걸려 있네
저녁 햇살
솔잎 사이로
붉게 타오르는데
늙어가는 이 몸은
무엇 깨달아
죽기 전에 타오를까
생명 다하기 전에
열반에나 오를거나!
불붙은 장작 위에
이 몸 올려 태워 보네.

원수를 맺지 마라

미워서, 미워서
싸워, 원수 맺은 그 사람
지나다 목말라
사립 열고
물 청하니
원수 맺은 그 사람
나와서 물 떠주네
그대들이여
아무와도 원수 맺지 마라
목마를 때
갈 곳 없나니—

단풍

밤이슬 내려앉자
무게 견디지 못한 단풍
한 잎 두 잎 떨어지네
흘러내리던
계곡물 어울려 흘러가네
낙엽은 계곡물 친구 되어 흐르는데
이 몸 죽어 흐르면
누구와 벗하리
단풍 진 그늘 아래서
눈물 하나
벗 되어 줄까?

시간

그것은 거짓말이다
시간이란 존재하지 않는다
더구나 시간이 흐른다는 것은
더더욱 거짓말이다
흐르는 것은
시간이 아니라
그대의 삶이다
그대가 흐르며
시간이 흐른다고
착각하는 것이다
마치 흐르는 물이
나무가 흐른다고
말하는 것과 마찬가지다
세월을 탓하지 마라
늙음을 서러워 마라
샛강이 흘러 모여
바다가 되듯, 그대
흐르고 흘러 죽음이 오면

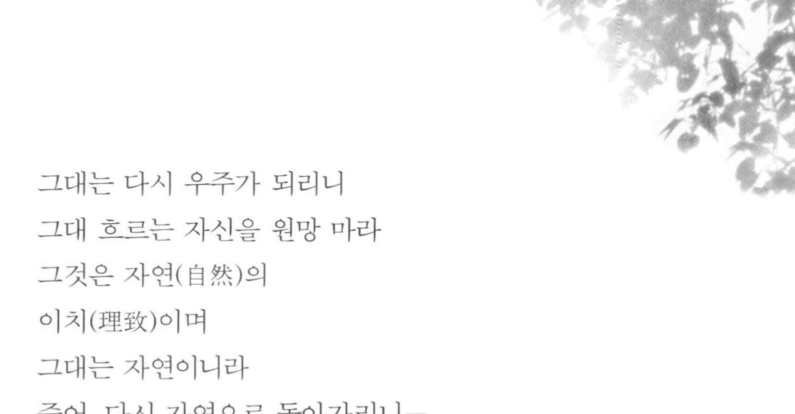

그대는 다시 우주가 되리니
그대 흐르는 자신을 원망 마라
그것은 자연(自然)의
이치(理致)이며
그대는 자연이니라
죽어, 다시 자연으로 돌아가리니—

삶

그대에게
진정한 삶이 있었던가?
지나간 삶은
지나가서 그대 것이 아니요
아직 오지 않은 삶은
오지 않아 그대 것이 아니니
그대 삶은
순간,
바로 이 찰나 같은
순간뿐이라
찰나의 순간을 살며
더 무엇에 집착하리
그래서 선인(先人)들
인생이 화살보다 빠르다 했나니
놓아라, 손에 쥐고 있는 것을 놓아라
그러면 빛을 잡으리니
그것이 부처님 말씀을
깨달음이라!

그대가 죽지 않음은
삶을 사랑함이 아니라
죽음이 두려운 것이니
놓아라, 함은
죽음을 두려워 말라 함이라

세상은 단지
사람이 건너는 다리에 불과하니
이곳은 결코 집을 짓고 머물 만한 곳이
되지 못하느니라. *

* 도마 복음서에서 예수의 말씀 중에서.

들국화와 여승(女僧)

바랑 메고 길 걷다가
들국화 보았네

아름답고
향기로운 꽃으로
태어나는 건
참 행복한 일이지

지나던 여승(女僧)
꽃향기 흠뻑 취해
발걸음 멈추고
하늘 바라보는
일, 또한 행복한 일이지

하지만 어쩌랴
이 여승 등 돌리며
말없이 떠나가네

저기 홀로 남은 저 들국화
이제 누가 사랑하랴

홀로 떠난 저 여승
누가 다시
손잡아
사랑해 주랴

그녀 남긴 발자국
멀어만 간다.

어머님

어머님 운명하시던
밤
하늘엔 낯선
별 하나 뜨고
독화살 그리움
가슴에 박히던 밤
별은 말없이 내려와
눈물을 닦아주네
눈물로도 지울 수 없는
피빛 그리움
어머니, 어머니라는
이름아!

오늘은
부처 등에 기대어
한없이
울어 본다.

가을밤

통소소리에
달이 커가고
호롱불 흐느낌엔
낙엽이
하나,
가을밤
달밤은 서러워 좋아
밤새워 들어 보는
감
익는
소리

먼 데
목탁소리
그리움
깨운다.

겨울 산수화(山水畵)

누가 밤새
그렸는가
얼어붙은 강줄기 위
산수화 한 폭
칼바람 불어도
눈보라 휘날려도
거울 같은 얼음 화폭
지워지지 않는데,
지나는 과객
그림자
하나
흔적 없이
사라지네.

누가 불러
저 그림자
멈춰 세우랴

잘난 우리네 삶은
그림자 하나
남기지 못하네.

네 자신을 알라

그리스의 한 돌 기둥에 조각으로 새겨진 이 말을, 불출세의 철학자 소크라테스가 인용하여 남게 된 '네 자신을 알라' 라는 격언은 참으로 많은 생각을 하게 합니다. 이 말은 흔히 '네 주제를 알라' 로 잘못 인식하게 하기도 하지만 그 깊은 뜻은 그런 게 아닙니다. 사람에게 가장 중요한 것은 자신의 근원을 묻는 일이며 이것은 자기 자신에게 묻는 말입니다.

"나는 누구인가."

"나는 어디서 와서 어디로 가는 건가."

"나의 근원은 무엇인가."

이러한 질문은 많은 종교와 철학의 화두가 되며 아직도 명쾌한 대답을 내놓지 못하고 있습니다. 그래서 수천 년 내려오면서도 여전히 우리의 문제로 남아 있는 것입니다.

그리고 사람은 여전히 자기 자신에 대해 더 이상 생각하려 하지 않습니다. 세상이 현대화되면서 이런 현상은 더욱 두드러지게 나타나고 있습니다.

생각이 멈춰버리면 사고(思考)는 간단해지기 마련입니다. 본능에만 충실해지기 때문입니다. 그런 생각이 쇠퇴하여 마침내 대학은 생존의 방식을 가르치는 학과만 남게 되어 철학과가 소멸할 지경에 이르게 되었고, 인문학이 쇠퇴의 길로 가게 된 것입니다. 잘 먹고 잘 살기가 전부이며 조금 다른 방향으로 빠져나가면 사이비 종교라는 빗나간 길을 걷게 됩니다.

살기는 좋아졌지만 인간성이 점점 더 포악해지고 범죄가 끔찍하게 발생되는 원인이기도 합니다. 인간의 가치가 물질의 가치보다 못하게 된 것이지요.

이제 '나는 누구인가' 라는 대 명제는 현대인에게는 쓸모없는 낡은 쓰레기가 되어버린 것입니다. 이것은 대단히 비극적 현상입니다. 인간이 갈수록 삭막해지기 때문입니다. 인간 목숨의 중요성이 물질이나 쾌락만도 못하게 되었다는 것이지요. 이것은 나 자신을 비롯한 전 인류의 비극입니다. 그리고 사실 모두가 조금씩 미쳐가고 있다는 증거이기도 합니다.

사람들은 자기가 자신을 잘 알고 있다고 믿고 있습니다. 나는 이런 사람이고, 이렇게 생겼으며 내 위치는 여기에 있다. 그러니까,

"나는 훌륭하고 똑똑한 사람이며 얼굴은 제법 잘 생겼고 지금은 큰 회사의 사장이다. 너보다는 내가 낫다." 아니면, "나는 능력이 없는 사람이며 얼굴도 못생겼고, 희망 없는 노점상이다. 그러나 내게 희망이 있다. 내가 출세 못한 대신 내 자식이 해줄 거다. 나를 우습게 보지 마라."

라는 희망의 끈을 놓지 않을 것입니다. 이런 에고 속에 사람은 삽니다. 그리고 항상 상대비교를 만듭니다. 하지만 진실로 거울을 향해 내 존재의 근원을 묻는 사람은 극히 희박합니다.

인도의 독립운동 시절부터 독립된 후까지 서로 강력한 라이벌이 있었습니다. 바로 마하트마 간디(Mahatma Gandhi)와 모하메드 알리 진나(Mohammed Ali Jinnah)였습니다.

이들은 적이 되어 오래 싸웠지만 간디가 죽자 진나는 크게 낙심하여 이렇게 말했다고 합니다.

"나는 몹시 슬프다. 내 안의 또 다른 내가 죽었다."

진나는 이제 싸울 상대가 없어진 것입니다. 이제 그는 싸울 상대를 잃었습니다. 그의 존재가치를 잃은 것입니다. 그는 평생 자신을 찾지 않고 간디만 보며 자신의 정체성을 찾은 것입니다. 그렇기 때문에 간디를 잃었을 때 자기 자신도 잃은 것입니다. 진나의 진나는 없고 간디의 진나만 있었던 것입니다.

한 여인이 있었습니다. 재산이 많으니 자신의 재산을 쓰는 것 가지고 뭐라 말할 수는 없지만 너무나 어리석어 말하려 합니다.

이 여인은 옷을 사는데 광분하고 있었습니다. 신상품 광고만 나오면 득달같이 달려가 샀습니다. 그렇다고 열심히 입는 것도 아닙니다. 장롱 속엔 입지도 않은 옷이 가득히 쌓였지만 새 상품이 나왔다는 정보만 입수하면 또 달려가 구입하고는 했습니다.

보다 못한 주위 사람들이 말했습니다.

"잘 입지도 않고, 또 옷도 많은데 왜 자꾸 사들이는 거야!"

그러자 이 여인이 대답했습니다.

"내 남편 라이벌의 부인이 있는데 그 여자보다는 닳아야 되거든!"

그러니까 엄밀히 따지자면 이 여자가 산 옷은 자신의 것이 아니라 남편 라이벌 부인의 옷인 것입니다.

이렇게 자신은 돌보지 않고 거울에 비쳐지는 타인의 모습에서 자신을 찾으려는 것이 오늘날 현대인의 무지입니다. 문명은 진화하고 있지만 인간은 퇴화하고 있다는 증거이기도 합니다 자신을 상실해 가는 정도가 깊어지는 그만큼, 인간의 영혼은 퇴화하고 있다는 것입니다.

자신을 자신에게서 찾지 않고 타인에게서 찾으려 하기 때문입니다. 자신이 누구인지, 왜 자신이 존재하는지에 대해 전혀 사색하지 않기 때문입니다.

부처님은 친구도 없고 적도 없는 사람, 자기 자신을 찾는 사람이 되기를 원합니다.

거울에 비쳐지는 사람 모습의 자기가 아니라 거울을 깨고 바라볼
수 있는 내면의 자신을 찾기 바랍니다. 이것을 부처님은 진아(眞我)라
하였고 예수는 이를 영혼이라 하였습니다.

가끔 밤하늘을 바라보며 별들의 아름다움에 도취해 보십시오.
가끔 연못 위에 핀 연꽃의 아름다움에 도취해 보십시오.
두렵고 캄캄한 밤하늘에서 빛나는 것이 별입니다.
더럽고 냄새나는 연못 위에서 피는 것이 연꽃입니다.
얼룩지고 더러운 삶에서 그대 마음에 별을 띄워 보십시오.
힘들고 어리석은 삶에서 그대 가슴에 한 송이 연꽃을 피워 보십시오.
마음이 청정해지고 수면처럼 고요해지면 그대는 그 순간이나마
성불(成佛)하는 것입니다.

나는 여러분이 모두 승려처럼 출가하라는 것이 아닙니다.
나는 여러분 모두가 자신을 버리라는 것이 아닙니다.
그것은 현실적으로 불가능한 일입니다.
그러니 먼저 사색하십시오. 명상해 보십시오.
내가 원하는 것은 순간순간 별처럼 아름답고 연꽃처럼 향기나는
그대 모습을 회복해 보라는 것입니다.
그리고 그 순간을 계속 간직하라는 것입니다.
그러면 여러분에게서는 연꽃 같은 향기가 날 것입니다.

그러면 여러분은 캄캄한 밤에 별처럼 빛날 것입니다.

더러운 곳에서 꽃피워야 연꽃은 가치가 있는 법입니다.

캄캄한 하늘에서 빛나야 별들은 가치가 있는 법입니다.

가슴의 향기를 바가지로 덮을 사람은 없을 것입니다.

가슴에서 빛나는 아름다움을 바가지로 덮는 사람은 없을 것입니다.

향기를 발산하십시오.

빛을 밝히십시오.

그것이 여러분의 진짜 정체성입니다.

그것이 바로 여러분이 발견하는 여러분 자신입니다.

여러분이 바로 연꽃이고 별인 것입니다.

─네 자신을 알게 된 것입니다.

머물 곳을 알면 방황하지 않는다

한 고독한 방랑자가 길을 잃었습니다. 그는 다급한 나머지 "살려주세요, 살려주세요." 하며 소리 질렀지만 아무도 나타나지 않았습니다.

며칠 밤낮을 헤매던 그가 마침 맞은편에서 오던 한 노인을 만나게 되었습니다.

"하나님이 당신을 내게 보내주셨군요. 저는 길을 잃고 이렇게 방황하고 있답니다."

그러자 노인이 손을 휘저으며 대답했습니다.

"나도 길을 잃었다오. 하지만 한 가지 분명히 알려줄 것은 방금 내가 온 저 길로는 가지 말라는 것이오. 거기엔 길이 없답니다."

방랑자는 다시 다른 길을 찾아 걷기 시작했습니다. 그리고 나무 그늘에 조용히 앉아 있는 한 사람을 발견하였습니다. 이제 살았다고 생각한 방랑자는 그에게 다가가 다시 길을 물었습니다. 그는 조용히 앉아 미동도 하지 않은 채 대답했습니다.

"길을 잃고 헤매고 있다고요? 당신이 가려 하는 곳은 어디지요? 길은 아무데도 없답니다. 아마 그대가 찾아가려 하는 곳은 바로 여기일 것입니다."

그리고 그의 방황은 거기서 종지부를 찍게 되었습니다.

방황이란 끝없이 헤매는 것입니다. 헤매다 보면 자신이 어디로 왜 가려는지 목적지마저 잊고 마는 것입니다. 그러다가 최후에는 마치 이 방랑자처럼 갈길마저 잃고 맙니다.

인간의 탄생과 죽음은 하나의 점(点)에 불과합니다. 수십억 년 지구 역사를 생각할 때 이 작은 지구에서 태어난 인간이란 존재는 정말 보잘것없는 존재일지도 모릅니다.

그러나 자신에게는 자기의 삶이 우주의 전부입니다. 자신이 죽으면 함께 우주도 종말이라고 생각할 수 있습니다. 그러나 진리를 찾으면 자신의 우주는 영원히 지속됩니다. 기독교에서 잘못 이해되고 있는 영생(永生)이란 말이 바로 이 뜻입니다.

인간은 과학문명을 꾸준히 발전시켜 왔습니다. 그래서 당장은 조금 더 나은 생활을 할 수 있게 되었습니다. 그러나 불행하게도 삶의 가치관이나 정신적인 훌륭한 가르침은 단절되거나 퇴화하고 있습니다. 정신적 기둥이 뿌리째 뽑혀가고 있다는 것입니다. 이러한 정신의 황

폐는 기어이 그동안 애써 발전시켜 온 과학문명마저 붕괴시킬 것입니다.

이런 편리도 부족하여 다른 것을 만들고, 그것도 부족하여 더 편리한 기계를 만들고…… 이런 끝없는 욕구와 갈망의 방황 속에서 인간성은 퇴화되고 인간은 결국 기계화되어 갑니다.

어느 지점에서 멈춰 서서 살아온 뒤안길을 돌아보고 앞으로 나갈길을 수정할 겨를이 없는 것이 현대인의 생활입니다. 그렇게 살다 보면 어느새 죽을 나이가 되고 늙어 힘없을 때야 비로소 인생이 허무하다며 장탄식을 늘어놓습니다.

인간 삶의 수명이 다한 것이 아니라 기계의 수명이 다된 것입니다. 이제 헤매는 것에 종지부를 찍어야 할 때가 온 것 같습니다. 우주의 주인은 과학이 아니라 인간이며 진리의 것입니다.

하루 한번이라도, 단 한 구절이라도 주옥 같은 법구경을 읽으며 부처님 말씀 되새기며 인생의 의미나 참 가치를 찾아야 할 것입니다.

방랑자가 되지 마십시오. 같이 방황하는 사람에게 길을 묻지 마십시오. 방황하다 잠시 머물고 있는 그곳, 그곳이 바로 그대가 정착할 자리입니다. 거기서 죽음 후에도 함께할 수 있는 진리가 발견됩니다.

나의 소멸은 종말이 아니라 새로운 우주의 시작입니다. 죽음은 우주와 합일(合一)입니다. 이 말이 어렵습니까?

그럼 사색(思索)을 시작하십시오. 이를 위해 나는 먼저 부처님께서 남기신 주옥 같은 법구경(法句經) 몇 편과 고승(高僧)과 큰 스승께서 쓰신 선시(禪詩) 몇 편, 그리고 세 편의 불교설화를 소개하고자 합니다. 깊은 밤, 혹은 이른 새벽 묵상하시며 틈틈이 꺼내 읽어 보시기 바랍니다.

189

법구경(法句經)

大賢無世事 (대현무세사)

不願子財國 (불원자재국)

常守戒慧道 (상수계혜도)

不貪邪富貴 (불탐사부귀)

현명한 자는 세상일에 빠지지 않아

자손, 재물, 토지를 바라지 않고

항상 가르침과 지혜와 도를 지키어

부정한 부귀를 탐하지 않는다.

* 불교가 지향하는 것은 마음 비움과 깨달음이다. 가슴에 욕망을 담아두고는 깨달음을 얻을 방법이 없다. 욕망을 버리고 깨달음을 얻는 데서부터 해탈은 시작된다. 부처를 배워 부처가 되고자 한다면 먼저 마음을 비우고 깨달음을 얻어 지속적으로 정진해야 한다. 위의 가르침은 부정한 부귀를 탐하지 않는데부터 시작하라는 가르침이다.

深觀善惡 (심관선악)

心知畏忌 (심지외기)

畏而不犯 (외이불범)

終吉無憂 (종길무우)

故世有福 (고세유복)

念思紹行 (염사소행)

善致其願 (선치기원)

福祿轉勝 (복록전승)

선과 악을 깊이 살펴보고

피할 것을 마음으로 알아

악을 두려워 범하지 아니하면

마침내 걱정은 사라지나니

그 길을 알려주는 친구 만나

그 어진 사람을 따라 짝이 되어라

이런 사람과 짝이 되면

복록은 끝없이 오나니.

* 세상은 유혹하는 것이 너무나 많다. 재물, 권력, 지배욕, 이성 등 —이런 악으로부터 구원을 받아 복록을 얻으려면 그 길을 알려줄 짝을 찾으라는 가르침이다. 법구경은 그 좋은 친구가 되어줄 것이다. 법구경 한 권 준비하여 손에 늘 쥐고 있다가 틈틈이 읽으며 둔상하면 좋은 깨달음을 많이 얻게 될 것이다. 이 가르침은 손에 무엇을 쥐는 것이 지혜로운가를 말씀하고 있다.

念應念則正 (염응염칙정)
念不應則邪 (염불응칙사)
慧而不起邪 (혜이불기사)
思正道乃成 (사정도내성)

생각이 바르면 지혜가 생기고
생각이 옳지 않으면 지혜를 잃나니
이 두 갈래 길을 바르게 알아
지혜를 따르면 도를 이룬다.

*마음은 생각을 낳고, 생각은 행동을 낳는다. 마음이 청결하면 생각이 바르게 되고, 생각이 바르면 마침내 지혜를 얻게 된다. 하지만 생각이 바르지 못하면 지혜를 얻지 못해 도(道)에 이르지 못하니, 먼저 마음을 청정히하여 도에 이르는 길을 매진할 것이다. 이 글은 도에 이르는 길의 순서를 가르치고 있다.

我生己安 (아생기안)
不惑於憂 (불혹어우)
衆人有憂 (중인유우)
我行無憂 (아행무우)

세상 탐욕 속에 살며 탐욕 없으니
내 생은 이미 근심 없도다
모든 사람이 근심하며 사는 동안
나 홀로라도 근심 없이 편히 살리라.

*가슴에 번뇌를 두고는 깨달음을 얻지 못한다. 번뇌의 시작은 탐욕함에 있으니 탐욕을 버려 근심을 덜고 근심을 덜어 깨달음을 얻으라는 말씀이다. 깨달음을 얻으면 편히 사는 법이니 누구나 마음의 탐욕을 없애 행복하게 살라는 가르침이다.

廉恥難苦 (염치난고)
義取淸白 (의치청백)
避辱不妄 (피욕불망)
名白潔生 (명백결생)

부끄럼 아는 것 괴롭다 해도
맑고 깨끗한 마음으로 집착이 없고
바르고 겸허히 사는 사람은
생활은 곤궁해도 깨끗한 삶이다.

* 바르고 겸허히 살면 생활은 자연히 곤궁해질 것이다. 그러나 이는 깨끗한 삶이니 마음에 행복이 가득해질 것이다. 부끄럽게 재산 모아 더럽게 사는 것은 사실 잘 사는 게 아니다. 청빈하게 살아 마음을 깨끗하게 하여 사는 것이 가치가 있다는 가르침이다.

一切行無我 (일절행무아)
如慧之所見 (여해지소견)
若能覺此苦 (약능각차고)
行道淨其跡 (행도정기적)

모든 지어진 것은 실체가 없다
이렇게 지혜로써 깨달은 사람은
괴로움을 진실로 느끼지 않아
일마다 그 자취를 깨끗이 한다.

* 존재한다고 생각하는 실재는 존재가 없다. 우리가 안다고 생각하는 것 역시 존재가 없다. 인생사 괴롭다는 것 기쁘다는 것 또한 실체가 없는 것이니 이를 깨달은 사람이 어찌 맑지 않으랴. 그 생애가 어찌 추하랴. 깨달은 사람의 생애는 그가 남긴 발자국을 깨끗이 한다는 가르침이다.

爲所不當爲 (위소부당위)
然後致鬱毒 (연후치울독)
行善常吉順 (행선상길순)
所適無悔稀 (소적무회회)

해서 안 될 일은 행하지 마라
한 뒤에는 번민 있나니,
해야 할 일은 항상 행하라
가는 곳마다 뉘우침 없다.

 • 당연하신 가르침이나 참으로 행하기 어려운 일이다. 당연히 끊어야 할 욕망이지만 우리는
이를 끊기 참 어렵다. 그러니 번민 또한 끊이지 않는다. 마음을 비우고 청결히 해야 함은 이 또
한 행하기 어려운 일이나 이를 행하면 후회할 일이 없다. 따라서 번민 또한 생기지 않으니 쉽고
도 어려운 이 가르침 어찌 따르지 않을 수 있겠는가?

比丘爲慈 (비구위자)
愛敬佛敎 (애경불교)
深入止觀 (심입지관)
滅行乃安 (멸행내안)

부처님 가르치심 사랑하고
언제나 자비롭게 사는 비구는
고요한 말음으로 진리를 관찰하여
욕심이 쉬어 언제나 안락하다.

* 행복은 밖에서 찾는 것이 아니라 내 마음에서 찾는 것입니다. 언제나 자비로운 마음으로 또 경건한 마음으로 그 속에 부처를 모시고 있으면 욕망이 없어져 마음이 편하다는 가르침입니다. 지나치게 물질주의에 빠진 현대생활에 대한 엄중한 가르침임을 깨달아야 할 것입니다.

청허 휴정(淸虛休靜)

옛절 지나며

꽃 지는 곳 옛 절문 깊이 닫혔고
봄 따라온 나그네 돌아갈 줄 모른다
바람은 둥우리의 학(鶴) 그림자 흔들고
구름은 앉은 중의 옷깃 적신다.

* 청허는 그 유명한 서산대사(西山大師)다. 그의 시는 신비롭고 고요로움으로 가득 차 있다. '구름은 앉은 중의 옷깃 적신다.' 라는 표현은 우리로 하여금 감탄을 금치 못하게 한다. 이런 대승(大僧)의 글을 접할 수 있다는 것은 우리에게 대단한 행운이다. 서산대사는 9세에 어머니를 잃고 10세에 아버지를 여의었다. 많은 세월을 묘향산에서 보냈으며 부모를 여읜 후 성장하여 서울 성균관에 들어가 공부하였고 지리산을 유람하다 숭인(崇仁)을 만나 승려가 되었다. 임진왜란 때는 승병을 일으켜 구국에 몸 바치기도 하였다. 그의 제자 사명당과 함께 당대 최고 승려로 꼽히고 있다. 선조 37년 묘향산 원적암(圓寂庵)에서 입적하셨다.

설암 추붕(雪巖秋鵬)

꽃에게

가련타 가지 가득 불붙는 저 꽃들아
광풍에 길을 잃고 물 따라 가는구나
이 세상 모든 짓 이와 같은데
뭣 땜에 정(情) 기울여 울고불고 하는 거냐.

 *설암 추붕은 조선 중후반기 숙종시대 학승(學僧)으로 벽계(碧溪)에게 경론을 배워 통달한
인물이다. 계행(戒行)이 엄정하고 언변이 유창하여 많은 학인들이 찾아와 문하생이 되었다. 본
선시는 굳이 해설이 필요 없을 정도로 간결하고 분명하게 감정과 뜻을 밝히고 있다.

사명 유정(泗溟惟政)

청학동(靑鶴洞) 가을

하늬바람 불어오자 비 처음 씻기고
만리(萬里) 저 장공(長空) 조각구름 간곳없다
빈집 중묘(衆妙) 속을 깊이 앉으니
하늘 향기 계수 열매 어지럽게 떨어진다.

* 모든 선시들이 다 그렇듯 이 작품 역시 삶과 인생에 대한 허무를 그리고 있지만 곰곰 생각
하면 단순한 허무가 아니란 걸 알게 된다. 이미 이런 어른 고승들은 깨우침을 얻으신 분들이라
그 깊이가 다르다. 허무를 극복하는 허무기 때문이다. 사명 유정은 서산대사의 수제자 사명당
이다. 법력이 뛰어나고 학문이 높아 그의 스승 서산대사와 함께 대승(大僧)으로 꼽힌다. 밀양
출신으로 황악산 직지사에서 신묵(信默)에 의해 승려가 되었다.

경허 성우(鏡虛惺牛)

금산(錦山) 보석사에서

비석 하나 절문 앞에 서 있다
푸른 산 그림자 덮고 몇 날이나 흘렀을까
규사(圭師)의 간 자취 묻는 이 하나 없어
석양 진 마소의 무리만 먼촌으로 내려간다.

* 이 선시를 이해하기 위해서는 먼저 규사(圭師)를 알아야 한다. 그는 임진왜란 때 계룡산에서 목창(木槍)을 깎아들고 승병을 일으켰다. 마지막 전사(戰死) 때 그는 금산의 보석사에 계시는 80 노모를 뵈오러 오다 길에서 숨을 거둔 불행한 죽음을 당한 대승(大僧)이다. 후대 경허 성우는 이를 슬피 여겨 이 글을 남겼다. 경허 성우는 구한말 선승(禪僧)이다. 전주 출생으로 경기도 광주 청계사에서 규허에 출가, 동학사에서 경(經)을 배웠고 거기서 경을 가르쳤다. 전염병으로 사람이 죽어가는 것을 목격한 그는 크게 충동 받아 동학사로 돌아와 강의를 폐지하고 석 달이나 두문불출 정진 끝에 깨달음을 얻어 대오(大悟)한다. 이후 방랑생활을 하며 많은 일화를 남긴다. 경허 성우의 선시를 필자는 가장 좋아한다.

혜초(慧超)

한승(漢僧)의 죽음을 보고

고향집 등불은 주인을 잃고
객지에서 보수(寶樹:중국의 스님)가 쓰러졌구나
영혼은 어디로 떠났는가
옥 같은 모습은 이미 재가 되었네
생각 길 멀수록 애처로운 마음 더하고
그대 소원 못다 이룸 슬픔이 인다
누가 고향 가는 길 알랴
부질없이 흰 구름만 가는구나.

* 혜초 스님은 신라인으로 당나라에서 활동한 대승이며 학자였다. 인도여행가 〈왕오천축국전〉으로 명성을 떨쳤고 인도의 금강지 승려에게서 밀교를 배웠다. 그는 아프가니스탄을 비롯한 중앙아시아 일대를 답사하며 학문을 수련하였다. 끝내 신라로 되돌아오지는 않았다. 이 선시로 보아 보수(寶樹) 스님과는 친분이 두터운 것으로 보이며, 그의 죽음을 애달프게 표현하고 있다.

김시습(金時習)

떠돌이

수만의 봉우리 넘어
의로운 구름 홀로 가네
금년은 이 절에서 머문다만
오는 해는 어느 산으로 발길 닿을까
바람은 꺾여 송창(松窓)이 잠들고
향가지 불 삭아 선실이 한가롭다
이 생(生)은 이미 내 몫이 아님이여
물 흐르는 것처럼 바람 따라 흘러가리.

* 향가지 불 삭아: 불이 다 타고 꺼져 있는 향(香).

* 김시습은 생육신의 한 분으로 수양대군이 단종을 몰아내고 권력을 잡자 21세 나이에 벼슬을 마다하고 승려가 되어 떠돌아다니다가 1493년 타계하였다. 최초의 한문 소설 〈금오신화〉를 집필하였다. 위 시는 방랑 시절 쓴 것으로 보이는 바 가슴을 애절하게 만들어 인생의 무상함을 그리고 있다.

한산(寒山)

말에 채찍질해 옛 성(城)을 지나간다

말을 채찍질해 옛 성을 지나간다
허물어진 저 모습 나그네 마음 흔든다
높고 낮은 것 성가퀴는 헐었는데
크고 작은 무덤은 누구누구인고
스스로 흔들리는 이 외로운 만남의 그림자여
길이 울리는 무덤 곁 바람소리―
슬프다 어찌 모두 이런 풍경뿐인가
오래 두고 남을 이름 하나 없구나.

* 한산 스님에 대해서는 별로 알려진 것이 없다. 본 선시는 삶의 무의미함을 그리고 있는 바 마지막 구절이 우리 가슴을 울린다. 그의 또 다른 선시 〈별들은 널려 있고〉도 우리 심금을 울린다.

'별들은 널려 있고 밤빛은 깊었는데/바위에 외로운 등불 달은 기우네/뚜렷이 찬 광명 이지러짐 없거니/하늘에 걸려 있는 이 내 마음일레.'

최치원(崔致遠)

가을밤

가을바람 내 괴로운 신음소리
이 세상에 마음 줄이 하나 없나니
빗소리 창 밖에 밤은 깊은데
등잔불 외로이 앉은 만리심(萬里心)일레.

* 최치원 선생은 설명이 필요 없는 명 문장가이시며 명필이다. 857년 신라에서 태어났으며 호는 고운(孤雲)이다. 말년 가야산에서 조용히 글 쓰며 지냈는데 그때 쓴 선시로는 〈가야산 독서당〉이 유명하다.

'층층 바위 미친 듯 내 달으며 겹겹 산봉우리 울리는 물소리에/사람의 말조차 지척 간에도 분간키 어렵네/일찍이 옳다 그르다 시비하는 세상사 귀에 들릴까 염려하여/짐짓 흐르는 물로 하여금 온 산을 다 감싸버렸네.'

경암 응윤(鏡巖應允)

쌍계사(雙溪寺)의 밤

비 젖는 쌍계사(雙溪寺)
등잔불 외로이 밤은 깊은데
먼 새 우는 저 수풀
고향 생각 깨운다.

* 이분에 대한 지식은 없다. 하지만 본 선시를
분석해 보면 승려였던 게 분명해 보인다. 애
수(哀愁)로 가득한 이 글은 읽는 이로 하
여금 마음을 적막하게 만든다.

206

한용운(韓龍雲)

병들어 시름하며

푸른 산속 쓸쓸한 집
사람 가고 병만 늘어
시름 많아 끝없는 날
가을 꽃 피어난다.

* 〈님의 침묵〉으로 온 민족의 시인이 된 만해 한용운님의 선시다. 이 글로 보아 아마도 말년 외로움과 병고에 시달리며 쓴 글로 보인다. 다른 시 〈박한영에게〉라는 선시도 무언가 애절히 기다리는 글이다.

'하늘 그득 달이 밝소 당신 어디 게시오/온 세상 단풍든 길 나 홀로 오오/달하고 단풍 하고도 서로 잊어버리고/내 마음만 외오남아 당신 따라 헤매오.'

수덕사에는 왜 여승들만 있는가?

일엽(一葉) 스님으로 유명한 예산의 수덕사는 여승들만 모여 부처님을 모시고 계십니다. 그런데 왜 하필 여승들만 있을까요. 여기에는 그만한 내력이 있으며 전해 내려오는 설화가 그 사실을 입증하고 있습니다. 이제 그 옛날로 돌아가 봅시다.

옛날 충남 예산 땅에 수덕(修德)이라는 청년이 살았습니다. 외모가 수려하고 문무가 깊어 활을 잘 쏘고 학문이 뛰어난 명문가의 아들이었습니다. 하루는 이 수덕이 하인들과 함께 인근 산으로 사냥을 떠났습니다.

---

* 여기에 수록된 세 편의 불교설화는 위 선시(禪詩)에 나오는 유명한 사찰 속의 설화다.

머슴들은 산 아래에서 몰이를 하며 올라왔고 수덕은 한 몸종과 함께 산짐승을 기다리고 있었습니다. 이때 노루 한 마리가 몰이꾼에 몰려 숨차게 올라오고 있었습니다. 수덕이 미소를 지으며 힘껏 활줄을 잡아당겼습니다. 그러던 그가 화살을 쏘지 않고 다시 내리는 것이었습니다.

"아니 왜 노루를 잡지 않으시나요?"

몸종이 의아한 얼굴로 수덕을 바라보았습니다. 수덕이 몸종을 향해 머리를 돌렸습니다.

"너는 저기 저 여자가 보이지 않느냐?"

과연 노루가 있는 쪽에 아름다운 낭자가 서 있는 것이 보였습니다.

"아니, 이 깊은 산중에 웬 낭자입니까?"

"그러니 활을 쏠 수 없지 않느냐."

"너무 아름답게 생겼네요. 제가 가서 수작을 걸어 볼까요? 도련님 보면 좋아할 게 분명합니다요."

"예끼 쓸데없는 소리. 오늘은 사냥하고 싶지가 않구나. 그만 돌아가도록 하자."

수덕은 그만 사냥할 마음을 잃었습니다. 자칫 했다면 저 낭자를 쏠 수도 있었기 때문입니다. 말머리를 돌려 집으로 돌아오지만 수덕의 머리는 그 낭자 생각으로 가득했습니다. 예산 땅에서는 좀처럼 볼 수 없는 아름다운 여자였기 때문입니다.

집으로 돌아와 책을 펴도 무술을 연마해도 도무지 그 낭자의 모습을 잊을 수 없었습니다. 수덕의 마음이 진정되지 않아 아무것도 할 수 없었습니다. 그는 마침내 산에 데려갔던 하인을 은밀히 불러냈습니다.

"내 도저히 그 낭자를 잊을 수 없구나. 수단과 방법 가리지 말고 어디 사는 누구인지 수소문해 오거라."

"내 그럴 줄 알았다니까요."

몸종이 머리를 긁적이며 떠났고, 해 저문 뒤늦게야 낭자 소식을 가지고 돌아왔습니다.

"그래 어디 사는 누구더냐?"

"예, 산 너머 마을에 사는 숭덕(崇德)이란 아가씨입니다. 부모를 여의고 혼자 살며 도련님처럼 글도 깊어 혼사를 이루려는 사람들이 하나 둘이 아니랍니다. 하지만 이 낭자는 아직 누구와도 혼사를 성사시키지도 않을 뿐 아니라 남자를 만나지도 않는 답니다."

"호~~~오라. 남자를 만나지 않는다면 나도 만나주지 않겠구나. 하지만 이렇게 그냥 있을 수는 없지 않느냐?"

수덕은 크게 낙담했지만 결코 포기하지는 않았습니다. 포기한 건 낭자가 아니라 학문과 무예였습니다. 손에서 책을 놓았고 목검을 놓아버린 것입니다.

그리고 그 낭자의 집을 찾아 배회하기 시작했습니다. 그러나 어쩌다 마주쳐도 눈길 한번 주는 법이 없었습니다. 수덕의 마음은 갈수록 초조함만 더해 갔습니다.

그렇게 가슴의 불덩이를 어쩌지 못해 애태우던 수덕이 하루는 용기를 내어 밤에 낭자를 찾아갔습니다.

"결례를 무릅쓰고 이런 야심한 밤에 찾아왔습니다."

"아니, 명문대가집 자제분께서 어떻게 이런 누추한 곳을……."

물론 이 낭자가 지체 높은 집 자제분 수덕을 모를 리 없었습니다.

"낭자를 우연히 산 사냥터에서 봤습니다. 그리고는 한시도 잊지 못하고 있었죠. 제가 부족한 점은 많으나 그대와 혼인하고 싶어 이렇게 찾아온 것입니다."

수덕은 사실을 말했다. 하지만 숭덕은 쉽게 허락하지 않았습니다.

"저는 아직 어린 데다 부족한 점도 많고 더구나 부고를 여의어 혼자 사는 몸입니다. 어찌 감히 제가 청혼을 받아들일 수 있겠습니까?"

"청혼을 받아주십시오. 나는 이미 오래 전부터 공부도 하지 않고 낭자만 생각하며 살아왔습니다. 청혼을 받아주시지 않는다면 나는 더 이상 세상을 살아갈 힘이 없을 것입니다. 거절하시면 내 스스로 목숨을 끊어 세상을 하직할 것입니다."

숭덕은 피할 수 없었는지 깊은 생각 끝에 입을 열었습니다.

"정 그러시다면 청혼을 받아들이겠습니다. 하지만 아시다시피 제 부친께서 비명횡사하셨습니다. 혼을 달래기 위해 근처에 절을 하나 지어주시면 결혼을 약조하겠습니다."

"대단하신 효녀입니다. 지체하지 않고 바로 건축을 시작하겠습니다."

수덕은 집으로 돌아온 후 약속대로 절을 짓기 시작하였습니다. 밤 낮 없이 불사(佛事)에 전념한 끝에 한 달 만에 완공을 보게 되었습니다. 집안의 반대도 있었고 마을 사람들의 눈총도 따가웠지만 오로지 숭덕에 대한 사랑 하나로 이룩한 절이었습니다.

절 한 채를 완공한 수덕은 마무리가 끝나던 날 숭덕을 향해 한 걸음에 달려갔습니다.

"드디어 절이 완공되었습니다. 가서 돌아보십시오."

"압니다. 저는 다 알고 있었습니다. 하지만 산속의 절을 보십시오."

수덕이 의아한 얼굴로 머리를 돌려 지어놓은 절 쪽을 바라보았습니다. 그러던 그가 외마디 비명을 질러댔습니다.

"아니― 저게― 저게―."

방금 완공을 끝낸 절이 화염에 휩싸여 있는 것이었습니다.

"절이― 절이― 아! 부처님도 무심하시지……."

그 자리에서 수덕은 주저 물러앉아 통곡하고 말았습니다. 그 울음은 너무나 애절하여 귀를 열고는 들을 수 없을 정도였습니다.

숭덕이 수덕을 일으켜 세우며 위로하기 시작했습니다.

"너무 마음 아파하지 마세요. 도련님이 지으신 절은 저를 탐내 지으신 것이니 당연히 불에 타 없어져야죠. 이제부터 신실하신 불심을 발(發)하여 정성으로 절을 지으십시오."

수덕은 크게 깨달아 오직 신심(信心) 하나에만 힘을 기울여 다시 절을 지었습니다. 이 건물이 그 웅장한 대웅전입니다.

숭덕은 결혼을 허락하여 첫날밤을 보내게 되었지만 동침을 허락하지 않았습니다.

"혼인은 하였지만 잠자리를 같이할 수는 없습니다."

"뭐라고요? 그게 말이 됩니까?"

수덕은 낭자를 힘껏 끌어안았습니다. 그러자 맑던 하늘에 비바람이 몰아닥치고 천둥번개가 치더니 낭자가 문밖으로 사라지는 것이었습니다. 수덕은 엉겁결에 버선 한짝을 잡았지만 버선은 벗겨지고 낭자는 사라지고 말았습니다.

버선을 바라보는 순간 버선은 사라지고 버선처럼 생긴 하얀 꽃이 바위틈에 피어 있었습니다.

수덕은 그때서야 숭덕이 보통 낭자가 아니라 관음이었음을 깨닫게 되었고 그 절 이름을 자신의 이름대로 수덕사(修德寺)라 지었습니다. 그리고 절을 지은 산을 숭덕의 이름을 따 숭덕산(崇德山)이라 명명하였습니다.

숭덕산에는 아직도 버선 닮은 '버선 꽃' 이 피며, 숭덕의 고고함을 기리기 위해 수덕사는 여승들만 모여 부처님을 모신답니다.

전등사 용마루의 네 여인 목각

강화도의 전등사는 명 사찰로 많은 설화를 가지고 있으며 특히 문
인들이 자주 찾는 곳입니다. 작가이름은 잊었으나 현대 단편소설 〈전
등신화(傳燈新話)〉를 아주 감동적으로 읽은 기억이 있습니다. 이 소
설의 주제가 본 설화였는데 이야기가 너무나 소설적이어서 수록합니
다. 처음에는 진종사(眞宗寺)로 불렀으나 전등사로 바뀐 사찰입니다.

고려 충렬왕 시절 왕(王)은 왕실 원찰을 건축하기 위해 강화 섬에
절을 짓기 시작하였습니다. 당시 당대 최고 목수였던 도편수라는 사
람이 대웅보전(大雄寶殿)을 맡아 온 정성을 다해 작업을 하고 있었습
니다.
왕실의 절인 데다 워낙 공을 들이는 절이라 도편수도 있는 정성 없

는 정성을 다해 건축에 정진하고 있었습니다.

그러던 어느 날, 도편수는 피로를 풀 겸 막걸리로 목이나 축일 생각으로 아랫마을 주막을 찾았습니다. 그런데 이 주막에는 아주 요염하게 생긴 작부가 있어 도편수는 그만 홀딱 반해버리고 말았습니다.

대웅전 건축에 전념하던 때라 여자 냄새 맡아 본 지도 오래됐고, 또 한잔 걸친 데다, 이 작부가 워낙 뛰어난 미모를 갖추고 있어 도편수는 그만 이성을 잃고 만 것입니다.

이 작부와 술을 주거니 받거니 하며 수작을 합니다.

"이런 시골에 너 같은 미인이 있다니 믿어지지가 않는구나, 예~~ 따, 내 술 한잔 받아라."

"나리 황공하옵니다. 제 술잔도 받으시어요."

애교를 떠는 작부의 손을 도편수가 잡으며 말했습니다.

"손이 참 곱기도 하구나! 내 이 억센 손과는 비교조차 할 수 없구나."

그러자 영악한 이 작부는 목공 일로 억세어진 도편수의 손을 어루만지며 화답하였습니다.

"억세다니요. 임금님도 인정하는 보배 같은 손 아닙니까? 이 손으로 대웅전을 지으시다니 제가 만져 보는 게 오히려 영광이옵니다."

이렇게 애교를 떨어대니 도편수 정신을 잃지 않을 수 있겠습니까? 이미 마음속으로 도편수를 이용해 먹을 것을 작심한 작부이니 무슨 애교인들 아끼겠습니까? 이 작부 더 가까이 다가와 여자 냄새를 풍깁니다.

"정말 나으리 솜씨는 하늘이 내리신 게 분명합니다. 나무마다 이 손을 거치면 오묘하게 조각되니 말입니다. 마을 사람 모두 나으리 솜씨를 신공(神功)이라 한답니다."

"허허 정말 그러냐? 듣기 좋구나. 천하에 둘째가라면 섭섭할 솜씨지만 막상 네게 그런 말 듣고 보니 너무 좋구나."

"아이참 나으리도ㅡ 근데 나으리? 이 공사는 몇 년이나 걸리옵니까?"

"허허, 한 대여섯 해는 걸릴 듯싶구나. 건데 그건 왜 묻는고?"

"제가 나으리를 앞으로 몇 년이나 모시게 될까 걱정되어서요."

"너는 말도 예쁘게 하는구나. 그래 걱정 마라. 매일 일 끝나는 대로 찾아올 터이니."

도편수가 이 작부를 냅다 끌어안았습니다. 그러자 그녀가 손을 살며시 밀치며 배시시 웃었습니다.

"어머 나으리. 오늘은 너무 취하셨어요. 오늘만 날이 아니잖아요. 오늘 밤은 그냥 돌아가세요."

"딴은 그렇구나. 내 몹시 취했으니 오늘은 이만 돌아가도록 하자꾸나."

기분이 좋아진 도편수는 비틀걸음을 걸으며 숙소를 향해 걸어갔습니다.

하지만 다음날도 또 다음날도 상황은 변하지 않았습니다. 작부는 도편수에게 술만 잔뜩 먹이고 돌려보냈고 몸은 허락하지 않았습니다. 도편수는 애간장만 태웠고 그녀가 마음을 바꾸기만 바라며 매일 찾아갔습니다. 그는 작부여인과 주막 오파의 음모를 알지 못하고 있었던 것입니다.

"애야, 너 절대 정(情)을 주어서는 아니 된다. 네가 몸을 주는 순간 도편수는 여기서 발을 끊어. 그럼 우리 수입도 거기서 끝이란 말이야."

왕궁의 원찰을 짓는 도편수는 적지 않은 녹을 받고 있었고, 주막 노파와 작부는 이 돈을 노리고 있었던 것입니다.

사실 도편수는 버는 돈 거의를 이 술집에서 탕진하고 있었던 것입니다. 게다가 술에 절어 몸은 쇠약해 가고 공사는 더디어만 갔습니다.

그러자 이번에는 작부가 도편수와 살림을 차리겠다고 나섰습니다. 양심에 가책을 느낀 모양입니다.

"아무래도 안 되겠어요. 도편수와 살림을 차려야겠어요. 미안하기도 하고."

"뭐라? 살림을 차린다고? 저런 돈줄을 버리겠다는 거야?"

"돈도 중요하지만 너무 불쌍하고 미안해서요."

"그럼 돌쇠는 어쩌고."

돌쇠, 그는 인근 마을 머슴으로 사실상 이 작부와 오래 전부터 내연의 관계를 맺고 있는 터였다. 둘은 돈을 많이 벌어 육지로 나가 잘 살아 보자고 약속한 사이였습니다.

“네가 도편수와 살림을 차리면 돌쇠가 널 그냥 둘 것 같으냐?”

정들기로 치자면 도편수가 어찌 돌쇠를 따를 수 있으랴. 마침내 이 작부는 중대 결심을 하기에 이르렀습니다.

그렇게 세월이 흘러 대웅전이 완공되어 갈 무렵, 도편수도 마지막 결심을 하기에 이르렀다. 돈은 떨어지고 세월만 흘렀기 때문입니다. 그는 작심을 하고 주막을 찾아갔습니다.

하지만 술을 시켜놓았는데도 이 여인이 보이지 않는 것입니다. 작부는 이미 돌쇠와 함께 섬을 떠나 육지로 도망친 뒤였습니다. 이 사실을 알 리 없는 그는, 주막 주인 노파에게 이유를 물었습니다.

“도대체 내 색시는 어디 간 것입니까?”

“아니! 오다가 만나지 않았어요?”

“만나다니— 그림자도 못 봤는데—.”

“허어~~”

노파는 짐짓 탄식을 하며 도편수를 바라보았습니다.

“그럼 그년이— 혹 돌쇠 녀석과—.”

노파는 그때서야 돌쇠와 여자와의 관계를 털어놓았습니다.

“둘이 도망친 게 분명하군— 쯔쯔 이를 어쩐다.”

눈이 뒤집힌 도편수는 술상을 박차고 자리에서 일어나 나루터를 향해 달려갔지만 이미 나룻배는 떠나가고 없었으며 물결만이 출렁이고 있었습니다.

억장이 무너지는 듯했습니다. 도편수는 차라리 물에 빠져 죽어버리고 싶었습니다. 돈은 한 푼 없고 여자는 사라지고 말았으니 살고 싶은 의욕이 있을 리 없겠지요.

그렇게 절망하던 그가 다시 자리를 박차고 일어났습니다. 대웅전 공사장으로 간 그는 지붕을 헐고 공사를 다시 시작하였습니다. 그리고 튼튼한 나무를 골라 네 개의 여인상을 만들어 용마루에 네 귀퉁이에 무거운 지붕을 들어 올리도록 만들었습니다. 이 여인 목각은 지붕을 떠받치고 있는 형벌을 받는 형상입니다. 이 작부가 평생 이런 고통 속에서 살아가라는 저주였습니다.

이 전설은 많은 사람에게 회자되어 내려오며 아직도 남아 있는데, 네 여인의 목각은 도편수의 우매한 사랑과 복수를 기억하게 하고 있습니다.

불국사 무영탑(無影塔:석가탑)의 슬픈 전설

아사달 아사녀의 전설은 너무나 유명하지만 이를 널리 알린 것은 소설가 현진건님이 쓴 〈무영탑(無影塔)〉이라는 소설 덕분입니다. 당시 이 소설은 후에 출판되어 베스트셀러가 되었습니다. 아사달과 아사녀의 비극은 이렇게 전개됩니다.

아사녀는 가슴이 찢어질 듯 아팠습니다. 하루도 떨어져서는 살 수 없는 남편이 신라로 가게 되었기 때문입니다. 당시 신라는 초 강대국으로 위용을 떨치고 있었는데, 경덕왕 당시 재상인 김대성(金大城)이 국가 안위와 부모에 대한 효도로 야심찬 대 사찰을 짓기로 하였고 여기에 백제 최고의 석공(石工) 아사달을 불러들인 것입니다.

아사달은 그렇게 신라로 가게 되었고 남은 아사녀는 그녀를 좋아하는 팽개라는 사람을 피해, 보고 싶어 견딜 수 없는 남편 아사달이 있는 경주를 찾아가게 되었습니다.

하지만 아사녀는 아사달과 함께 생활할 수 없었습니다. 그가 책임지고 있던 다보탑은 완성되었지만 서쪽의 석가탑은 아직도 완공이 멀었기 때문입니다. 이를 완공하기 전에는 불국사 밖을 떠날 수 없다고 명령을 내렸던 것입니다.

그러나 사실 아사달이 아사녀를 만나는 것을 싫어한 사람이 있었으니 그가 바로 경덕왕의 딸 공주였습니다. 아버지 왕을 따라 불국사를 행차한 공주는 먼저 완공된 다보탑을 보고 그만 아사달에게 마음을 빼앗겨버린 것입니다.

이를 알지 못하는 아사녀는 하루하루를 남편에 대한 그리움으로 보냈고 견디지 못한 그녀는 한 스님을 찾아가 만나게 해 달라고 애절하게 간청하였습니다. 스님은 이 안타까움을 해결할 방법이 없자 이런 묘책을 알려주었습니다.

"탑이 완공되어 가면 저쪽 연못에 탑의 그림자가 비칠 것이니 그 그림자와 함께 남편의 모습도 볼 수 있을 것입니다."

아사녀는 그때부터 이 연못가에 앉아 탑과 남편의 그림자가 나타나기만을 눈이 빠지게 기렸습니다.

이를 알지 못하는 아사달은 하루빨리 탑을 완성시켜 사랑하는 아내를 만날 날만 손꼽아 기다렸습니다. 그는 정성을 다해 탑을 쌓아갔고, 아사녀는 하루도 빼놓지 않고 연못에 앉아 탑과 남편의 모습이 나타나기만 기다리고 있었습니다.

이런 안타까운 날이 계속되던 어느 날, 마침내 탑이 완공되어 연못 물에 비쳐지기 시작했습니다. 탑의 그림자가 물에 비쳐지자 같이 남편의 얼굴도 떠올랐습니다.

남편의 환상을 본 것입니다. 하지만 아사녀는 물에 떠오른 남편의 모습에 그만 두 팔을 벌리며 물속으로 뛰어들어 마침내 한을 풀지 못하고 목숨을 잃고 말았습니다.

이 소식은 곧바로 아사달에게 전해졌고 슬픔을 견디지 못한 아사달도 그만 연못으로 뛰어들어 아내의 뒤를 따랐습니다.

이런 비극적인 사건이 터진 후부터 이 연못에서 탑의 그림자는 그만 사라져 버리고 말았습니다. 후대 사람들은 이 비극을 기억하며 그림자 없는 탑이라 하여 무영탑(無影塔)이라 불렀습니다.

* 석가탑의 본 이름은 석가여래상주설법탑(釋迦如來常住說法塔)이라 부르며 간결하고도 미적 감각의 우수성이 뛰어나 다보탑보다도 더 가치 있게 평가하는 사람이 많습니다. 그런데다 이런 슬픈 사연을 간직하고 있어 불국사를 찾는 사람들은 숙연한 마음으로 합장합니다.

암자(庵子)로 가는 길

검은 구름이 하늘을 뒤덮기 시작했다.

사내는 비틀걸음으로 산정(山頂)을 향해 힘겹게 추어 오르고 있다. 그의 시선이 하늘을 향한다.

산정과 운무(雲霧)와 하늘이 뒤엉켜 있는데 마치 학이 몸을 뒤틀며 고통스럽게 춤을 추는 형상이다. 바람마저 사납게 불기 시작하여 여름 나뭇잎들이 우우 한쪽으로 쓸리고 있다.

하늘에서 한두 방울 빗방울이 떨어지기 시작했다. 간헐적으로 내리던 빗방울이 사납게 몰아치는 바람을 타고 다시 세차게 쏟아붓기 시작했다.

---

* 〈암자로 가는 길〉은 엮은이 정건섭의 불교소설.

사내는 비를 피할 생각도 없는지 비를 몸으로 고스란히 받아내며 비틀걸음을 계속하고 있다.

현기증이 일었다. 나무와 산길이 아래위로 요동을 친다. 사내의 몸이 비틀거리기 시작한다.

"쿵!"

어지럼증을 견디지 못하겠는지 마침내 그의 몸뚱이가 나무토막 쓰러지듯 옆으로 쓰러졌다. 쓰러진 그의 몸 위로 하늘은 빗줄기를 어지럽게 들어붓고 있다.

쓰러진 사내의 아득한 의식 속에 누군가 자기를 부르는 소리가 들려왔다.

"여보세요, 여보세요—"

어린 소년의 목소리다. 그 소리에 안간힘을 다해 정신을 수습하며 머리를 들어 올렸다. 머리를 박박 깎은 행자(行子:도를 수행하기 위해 입산한 소년)가 눈에 들어왔다.

"처사님, 암자가 바로 위에 있으니 힘을 내서서 일어나세요."

소년이 사내를 부축하며 일으켜 세웠다.

사내는 머리를 끄덕였다. 그리고 어린 소년의 몸에 의지한 채 다시 산비탈을 오르기 시작했다. 얼마 가지 않아 정갈하게 지은 암자 하나가 나타났다. 돌로 축대를 쌓고 흙을 골라 터를 잡은 위에 지어진 아담하면서도 소박한 그런 암자였다.

소년은 비에 젖은 사내의 옷을 벗기고 장삼(長衫:승려가 입는 회색빛 옷소매가 넓은 옷) 하나를 꺼내 입혀주었다. 그리고 깨끗한 요를 꺼내 눕혔다. 미열과 두통을 느끼던 사내는 인사치레도 못하고 깊은 잠에 빠져들었다.

얼마나 잤을까. 정신을 잃고 잠에 빠졌던 그가 의식을 회복하며 눈을 떴다. 행자는 보이지 않았다. 벽에는 커다란 바랑과 가사(袈裟:장삼 위에 걸쳐 입는 자주빛 법의)가 걸려 있고, 저쪽 구석에는 작은 불상이 좌선의 자세로 앉아 있는데 입술에는 잔잔한 미소가 떠오르고 있었다. 불상 앞의 작은 향로에는 그윽한 향기를 풍기는 향이 타오르고 있다.

사내는 허리를 들어 올려 벽에 등을 기대고 앉았다. 비죽이 열린 문 틈으로 밖이 보이는데 어느새 날이 어두워지고 있다. 저녁 8시 경은 되어 보였다. 그렇다면 어느새 일곱 시간을 잠에 취해 있었다는 말이 된다.

'시간이 꽤 흐른 모양이군.'

빗줄기가 멈춘 듯 밖은 적막에 쌓여 있었다.

힘없는 시선이 불상에서 멈추었다. 좌선의 자세로 조용히 앉아 있는 모습이 더없이 평화스러워 보였다. 눈을 지그시 감고 깊은 명상에 잠혀 있는 얼굴인데 입가의 잔잔한 미소가 사바세계의 번뇌를 모두 태워버리고 말 것 같다. 두통도 멎고 미열도 어느새 사라졌다. 깊은 수면 때문인지 부처의 자비 때문인지는 알 수 없는 일이다.

이때 공양간(절의 부엌)과 방 사이의 쪽문이 열리며 곡기의 향기가 코를 자극시켰다. 행자가 쌀죽을 쑤어 온 것이다. 그가 밥상을 앞으로 내밀었다. 마치 묵언(默言) 수도승처럼 말 한마디 없다.

쌀죽과 이름을 알 수 없는 나물 무침이 반찬의 전부였지만 허기진 배에게는 진수성찬이다. 그는 갈색 목조 발우(승려들이 밥을 담아 먹는 나무로 된 그릇)가 바닥이 나도록 핥아 먹었다. 양이 터무니없이 부족하지만 행자는 더 이상 권하지 않고 밥상을 치워버렸다.

밥상을 물린 행자가 대나무로 엮은 바구니에 빨갛게 익은 산딸기를 가득 담아 왔다.

그리고 사내 앞에 쪼그리고 앉았다. 열서너 살 정도 되어 보였는데 눈썹이 짙고 눈빛이 형형한 예사스러워 보이지 않는 미소년이다.

사내가 비로소 입을 열었다.

"고맙소. 이런데 암자가 있다니—."

"……."

"혼자 계신가요?"

40대 초반으로 보이는 남자다. 눈에는 힘이 없어 보였다. 퀭—하니 깊게 어둠이 드리워진 남자다. 얼굴은 선하게 생겼고 기품도 있어 보였지만, 수척한 모습이 고생 깨나 한 것으로 보인다.

"아뇨?"

행자의 입이 처음으로 떨어졌다.

"큰 스님이 한 분 계시는데 아래 절에 내려가셨습니다. 한 이틀 걸리신다고 말씀하시고 내려가셨죠."

“아ー 그러시군요.”

밤이 깊어갔다. 바람소리 나뭇잎 흔들리는 소리가 스산히 들려왔다.

“혼자 계시면 무섭지 않으신가요?”

“무섭다니요. 내가 삼라만상의 하나고 삼라만상이 나인데 제가 저를 무서워할 이유가 없지요. 바람소리 나뭇잎 소리, 그리고 여기 있는 내가 다 하나가 아니겠습니까? 저는 이렇게 서로 어울리며 산답니다.”

입이 한번 열리자 행자는 많은 말을 쏟아냈다.

“큰 스님은 말씀이 없으십니다. 제게도 필요 없는 말은 하지 말라고 하시지만 오랜 만에 사람을 만나니 말이 하고 싶어지는 걸 어쩝니까? 용서해 주십시오.”

“용서라뇨. 이렇게 큰 신세를 지고 있는데…… 정말 뭐라 감사의 말씀을 드려야 할지…….”

“방황하고 계시는 것 같습니다?”

“방ー황요?”

“네, 길을 잃은 것도 아닌 것 같고 옷차림이 등산객으로도 볼 수 없으니 틀림없이 번뇌하시는 게 있고 그래서 방황하고 계시는 게 틀림없어 보여서요.”

행자의 입에 엷은 미소가 떠올랐다. 번뇌를 태워주는 부처의 잔잔한 바로 그 미소였다.

사내는 천천히 머리를 끄덕였다.

“잘 보셨습니다.”

“얼굴에 그림자가 너무 짙게 드리워져 있습니다. 번뇌 없이는 그런 얼굴을 하지 않지요.”

사내는 바구니에서 산딸기 한 알을 집어 입에 넣었다. 향기가 입 속 가득히 퍼졌다. 그는 잠시 눈을 감았다.

“처사님. 산세가 깨나 험하다는 산길인데 여기까지 어떻게 올라오셨어요?”

“작은 암자가 하나 있다고 하기에 무작정 올라왔습니다. 저도 제가 왜 여기까지 오게 되었는지 이유는 모르겠습니다.”

“다 인연이지요. 인연 없이 여기까지 올라오셨겠습니까?”

“하긴 이것도 인연이라면 인연이겠지요.”

잠시 적막이 흘렀고, 쏴—아 바람이 적막을 흔들어 놓았다.

이름을 알 수 없는 새 한 마리가 꾸어이— 꾸어이 울어댄다.

“큰 스님이 계시면 어림없는 일이겠지만…… 처사님 고뇌가 무엇인지 궁금합니다. 무엇 때문에 이리 방황하시는지…….”

사내는 입을 열지 않았다. 열서너 살 어린 행자가 세상의 번뇌를 어찌 알 수 있겠으며 또 안들 무슨 도리가 있겠느냐는 생각이 앞섰기 때문이다.

“처방이야 따로 있겠습니까마는 한(恨)을 가슴에 쌓아두면 아승지겁(阿僧紙劫:숫자로 표현할 수 없는 무한대의 숫자) 번뇌에서 벗어나지 못하는 법입니다.”

어린 행자가 집요하게 물고 늘어진다. 사내의 가슴에 쌓인 번뇌를 꼭 알고야 말겠다는 기세다.

사내가 입을 열지 않자 행자가 공양 방으로 들어가 따듯한 작설차를 끓여 왔다.

"이걸 마시면 심신이 맑아지지요."

사내는 행자가 끓여 온 차를 입에 댔다. 그윽한 향기가 코를 스친다. 한 모금 마시자 가슴이 따듯해졌다. 작설차의 향기는 온몸으로 퍼져 나갔다. 마음이 한결 진정되었다.

사내의 시선이 허공에 꽂혔다. 지난 2년간의 방황 시절이 영상처럼 머리에 떠올랐다.

어리기는 하지만 이 행자에게 그간의 번뇌를 털어놓으면 해답은 없더라도 속은 시원할 것 같았다. 그런 생각에 잠겨 있던 사내가 무겁게 입을 열었다.

"차 향기가 아주 좋습니다."

"큰 스님께서 무척 좋아하시는 차입니다."

"그런 소중한 것을 제게―."

"괜찮습니다."

어디서 날아왔는지 모기 몇 마리가 앵앵대며 방 안을 휘젓고 다닌다. 행자가 손바닥을 부채처럼 활짝 펴서 휘휘 내두르며 모기를 쫓아낸다.

마침내 그가 입을 열었다.

"저는 사람을 죽인 살인자인 셈이지요."

그리고는 흘깃 행자를 바라보았다.

"두렵지 않습니까?"

"숨어 다니는 것입니까?"

"그건 아닙니다."

"하여튼 지금 저는 두렵지 않습니다. 계속하세요."

"2년 전만 하더라도 저는 아무 부러울 것 없는 직장인이었습니다. 고등학교 국어 선생이었죠. 명문 고등학교에서 날리던 선생이었습니다. 학교에서 아이들 가르치는 틈틈이 교육방송에 나가 강의도 하고 참고서도 냈지요. 전국 시험문제 출제위원이기도 했습니다. 다른 선생님들에 비해 수입도 많고 가정도 원만했습니다. 그런데 어느 날―"

전국 모의고사 시험문제를 출제하게 되면 출제위원들은 귀가하는 것이 금지된다. 출제 문제의 보안 때문이다.

안승일 교사는 호텔 방에 갇혀 시험 출제문제를 만들었고 이 문제가 학교로 배포되었다. 그리고 시험 첫날이 되어서야 호텔에서 풀려나게 되었다.

안 교사는 오랜만에 집으로 들어간다는 기쁨에 들떠 있었다. 아내와 아이들이 보고 싶었다. 달리는 택시를 재촉하여 집을 향해 달려갔다. 아파트 광장에 도착한 그는 택시비를 지불한 뒤 거스름돈도 받지 않고 엘리베이터에 몸을 실었다.

깜짝 놀랄 아내와 아이들 얼굴을 그려보며 기쁨에 찬 얼굴로 아파트 문에 설치된 버튼식 열쇠의 번호를 눌러 문을 열었다.

거실의 불은 꺼져 있는데 안방 문틈으로 불빛이 새어 들어왔다.

사람들의 목소리도 들려왔다.

"?"

그는 의아한 마음으로 문을 벌컥 열었다.

"악!"

안 교사의 눈이 휘둥그레졌고 경악에 찬 비명소리가 입에서 터져 나왔다.

두 명의 강도가 들었는데 한 녀석이 아이의 목에 칼을 들이대고 있었다. 아내는 공포에 질린 얼굴로 아랫도리가 반쯤 벗겨진 상태였고 또 다른 한 녀석은 막 바지를 벗고 있었다.

안 교사는 방구석에 있는 스탠드형 옷걸이를 집어들어 바지를 벗던 강도를 향해 내리 꽂았다. 그 사이 한 녀석은 열린 문으로 튀어나가 도주했고 옷걸이에 맞은 녀석은 '퍽' 소리를 내며 쓰러졌다.

이것이 사건의 발단이 되었다.

"그 강도가 뇌진탕으로 죽어버린 것입니다. 그리고 저는 살인죄로 법정에 서게 되었지요. 검찰은 과잉방어에 의한 살인이라 했고 변호사는 정당방위로 대응하며 1년 가까운 힘겨운 재판을 벌였습니다. 불행하게도 저는 언론에 사람을 살해한 교사로 보도되었고 이것이 또 다른 비극을 불러왔습니다. 졸지에 살인범이 되었지요.”

“그래서 어찌 되었나요?”

‘윙……’

‘서—억.’

바람 부는 소리와 나뭇잎 흔들리는 소리가 겹쳐 들려왔다.

사내는 식은 녹차를 다시 들이켰다. 과거가 회상되자 갈증이 난 것이다.

“결국 변호사가 승리했습니다. 재판에서 정당방위가 인정되어 무혐의 처리되었습니다. 저는 구속에서 풀려나 집으로 돌아왔습니다. 그러나 집은 이미 쑥대밭이 되어버렸습니다. 아이들은 살인자의 아들이 되었고 나는 학부모들의 반대로 교사직을 물러나야 했습니다. 법적으로는 아무 문제 없었습니다만 학부모들이 살인자에게 아이를 맡길 수 없다며 연일 데모를 했기 때문입니다. 저는 여러 가지 힘든 일을 겪은 상태라 너무 지쳐 있었습니다. 집을 정리하여 서울을 떠나 지방으로 내려왔고 살림은 당분간 아내가 맡아 하기로 했습니다. 가정은 조금씩 안정을 회복해 갔지만 문제가 끝난 것은 아니었습니다. 새 문제가 본격적으로 대두된 것입니다. —바로 제 영혼의 문제였습니다.

“……”

“제 손에 죽은 아이는 겨우 열아홉 살이었습니다. 나무 옷걸이에 맞아 죽은 아이가 겨우 그 나이였습니다. 한참 살 나이인데…… 저는 재판 때도 그 이후에도 쓰러져 죽는 그 아이의 모습을 지울 수 없었습니다. 아무리 치한 강도라 해도 그는 내 손에 죽었고 나는 젊은 아이를 죽인 살인자가 사실이기 때문입니다. 나는 그 아이의 어머니가 흘리던 눈물도 지울 수가 없습니다. 그 여인은 나를 용서해 주었습니다. 자식을 잘못 키운 어미의 탓이라며 나를 붙잡고 하염없이 울었습니다. 나는 아파트를 팔아치운 돈에서 상당한 액수를 떼어 그녀에게 주었습니다. 그 여인을 위로할 수 있는 마지막 방법이었습니다. 그것으로 위로가 되지는 않겠지만요."

법정에서 무죄가 확정된 다음 안 교사는 삼양동 달동네 산다는 죽은 아이 이진우(李進宇)의 집을 찾아갔다. 그의 어머니는 파출부로 일하고 있었는데 저녁 7시 가까워서야 돌아왔다.

그녀가 안 교사를 보자 흠칫 놀라는 표정이었다.

"여긴─ 어떻게─."

"사죄하러 왔습니다. 제가 무엇을 해 드리면 좋겠습니까? 무엇으로 어머님 마음을 위로해 드리면 좋겠습니까?"

"자식을 가슴에 묻고 사는 년에게 무슨 위로가 필요하겠습니까? 죽어서 좋은 데도 가지 못했을 텐데……."

그녀의 눈에 눈물이 글썽였다.

안 교사는 무거운 마음으로 잠시 침묵을 지키고 있었다.

"그냥 돌아가십시오. 제가 자식을 잘못 키운 거지 댁이 잘못한 건 없습니다. 그냥 모두 가슴에 묻어놓고 다 잊고 살 작정입니다. 휴─

우!"

그녀가 낙담하는 듯 땅이 꺼져라 한숨을 쉬었다.

억장이 무너지는 마음이겠지만 여인은 아무도 원망하지 않았다. 안 교사도 법원의 판결도 그녀는 결코 아무도 원망하지 않았다. 그녀가 원망하는 것은 자식을 잘못 키운 자기 자신이었다. 아파트를 처분하고 다시 찾아가 그녀의 치마폭에 안 받겠다는 돈을 던져주고 돌아왔다. 그러나 그것으로 마음의 고통이 사라지지는 않았다. 머리를 맞아 죽어가던 아이의 마지막 모습이 머리를 떠나지 않았고, 흐느껴 울던 어머니의 울음소리가 귓전을 떠나지 않았다.

그는 마침내 지워지지 않는 번뇌를 짊어지고 방황하기 시작한 것이다.

"그리고 제 방황은 시작되었습니다. 이진우라는 젊은 아이를 죽게 한 뒤 그 죄책감에서 벗어나지 못했기 때문입니다. 여기저기 방황하다가 여기까지 와서 이런 신세를 지게 되었네요."

행자는 머리를 숙인 채 조용히 묵상하는 듯했다.

그런 침묵은 놀랍게도 한 시간이나 이어졌고 사내는 이 숨 막히는 시간을 힘겹게 이겨내고 있었다.

벌써 시간은 자정을 훨씬 넘어서고 있었다.

이때였다. 조용히 묵상에 잠기고 있던 어린 행자가 갑자기 있는 힘을 다해 자기 뺨을 때렸다.

사내는 깜짝 놀라 행자를 바라보았다.

"왜 그러십니까?"

행자는 말없이 손바닥을 펴 사내 앞으로 내밀었다.

"제가 그만 살생을 하고 말았네요!"

"살생을요?"

"네, 보세요."

어린 행자의 손바닥을 바라보았다. 거기엔 모기 한 마리가 죽어 있는데 피를 얼마나 빨아 먹었는지 죽은 몸에서 터진 피가 손바닥까지 묻어 있었다.

손바닥을 보여주던 행자가 갑자기 벌떡 일어나더니 사내에게 큰절을 하고 바랑을 짊어졌다.

"행자는 이제 이 암자를 떠납니다. 여기서 쉬시다가 큰스님께서 오시면 제가 인사도 못 드리고 떠났다고 전해 주십시오. 큰 죄를 짓고 떠났다고요."

사내는 깜짝 놀라 문을 여는 행자의 바지를 잡았다.

"도대체 무슨 일입니까? 이 밤중에 어디를 가시는 거며 큰 죄를 지었다는 건 또 무슨 말씀이고요."

"저 같은 죄인이 어찌 더 수행을 하겠습니까? 큰스님 오시기 전에 떠나야지요."

행자가 합장을 하며 머리를 숙였다.

그러나 사내는 이 어린 행자를 보낼 수 없었다. 밤길도 걱정이려니와 큰 죄를 지었다는 그의 행동도 도무지 이해할 수 없었다.

"안 됩니다. 이 밤중에 어디를 간다고 이러십니까? 또 이유를 알 수도 없고요. 왜, 어디로 가시려는지를 알지 못하고는 절대 보내 드릴 수 없습니다."

사내는 행자의 바랑을 빼앗아 뒤로 감추고 억지로 자리에 앉혔다.

"도대체 영문을 모르겠습니다."

행자가 부처를 향해 합장 한번을 하고는 무릎을 꿇고 앉았다.

"처사님. 저는 여기 이 암자에 일곱 살 때 들어왔습니다. 그러니까 수행 6년을 한 셈입니다. 지금까지는 잘 참아 왔는데 오늘 밤 그만 모기를 죽이는 살생을 저지르고 말았습니다. 큰스님께서 그렇게 살생하지 말라고 하셨는데…… 그러니 이제 수행을 그치고 암자를 떠나야지요."

"아니, 모기 한 마리 죽였다고 6년 수행을 포기하시겠다는 것입니까?"

"관세음보살……."

"안 됩니다. 모기 한 마리 때문에 이러시다니요. 이건 살생이 아닙니다. 좌정하세요."

사내는 다시 일어서려는 행자를 완력으로 다시 앉혔다. 그리고 수건으로 송글송글 배인 이마의 땀을 닦아주었다.

행자가 힘없는 얼굴로 말했다.

"살생금도를 어겼으니 저는 수행을 할 수 없습니다. 저를 이해해 주십시오."

"모기 한 마리 죽였다고 그걸 살생이라 하시면 사람을 죽인 저는 어쩌란 말입니까? 자결이라도 해서 제 업보를 씻으란 말입니까?"

그러자 행자가 머리를 들어 사내를 똑바로 바라보았다.

"정말 그렇게 생각하십니까? 이건 살생이 아니라고요?"

"그렇습니다. 사람의 피를 빨아 먹고 병균을 옮기는 해충입니다. 해충을 없애는 것은 오히려 사람에게 이로운 일입니다."

"처사님. 그걸 아시는 분께서는 왜 그렇게 번민에 빠져 있는 것입니까?"

"……?"

"처사님. 처사님은 왜 살인했다는 생각만 하십니까? 살인을 한 것이 아니라 처사님 자녀의 생명을 구했다는 생각은 왜 하지 않으십니까? 만일 그때 처사님께서 나타나지 않았더라면 그 강도는 틀림없이 부인과 아이들을 죽였을 것입니다. 그러니 처사님께서는 강도를 죽인 게 아니라 가족들을 구하신 것입니다. 가족을 살리신 게 죄라면 모기를 살생한 이 행자의 죄업은 어디 가서 씻으란 말입니까?"

사내는 놀란 입을 다물지 못했다.

행자의 말은 계속 이어져 갔다.

"세상사 이리 보면 이런 것 같고, 저리 보면 저런 것 같게 보이기 마련입니다. 처사께서는 쓸 데 없는 번뇌로 스스로를 괴롭히고 있으니 하 딱해서 이러는 것입니다."

사내는 비로소 깊은 깨달음을 얻었다. 그렇다. 자신은 사람을 죽인 것이 아니라 사랑하는 아내와 자식을 죽음에서 건졌다. 살인이 아니라 목숨을 구한 것이다. 그러니 번뇌하고 방황할 일이 없지 않은가?

사내는 자리에서 벌떡 일어나 행자 앞에 무릎을 꿇었다.

"감사합니다. 중생이 미처 깨닫지 못했습니다."

"처사님은 날이 밝으면 하산하셔서 집으로 돌아가세요. 가족들에게 또 다른 고통을 주지 마시고요. 지금 이렇게 방황하고 계시면 가족과 죽은 사람의 어머니 가슴에 다시 못을 박는 일이 됩니다. 그건 어리석은 짓이지요."

눈물이 흘러내렸다. 가슴에서 알 수 없는 뜨거운 것이 치밀어 올라왔다.

견딜 수 없는 바랑의 무게를 벗어 내리는 듯한 감정이 북받쳐 올라왔다. 이 어린 행자는 틀림없이 부처님이 깨달음을 주기 위해 환생한 것이라고 믿고 싶었다.

다음날 아침, 그는 행자의 따듯한 환송을 받으며 하산했다.

집을 다시 서울로 옮겼다. 명문 학원을 비롯한 사립고등학교에서 스카웃 제의가 들어왔지만 안 교사는 모두 뿌리치고 불행한 학생들이 공부하는 그런 학교에서 다시 교편을 잡기로 결심했다.

생활이 바뀐 후 그의 마음은 너무 행복했고 알 수 없는 빛으로 가득 차 있었다. 가족들도 원기를 회복하여 정상으로 돌아왔다.

그렇게 정신없이 1년이 지나갔다.

다시 여름이 찾아왔다. 강의를 끝내고 귀가하던 그가 갑자기 1년 전에 찾아갔던 그 암자가 기억에 떠올랐다.

'아, 그 암자. 그리고 어린 행자…… 아니지. 다시 찾아가 뵈어야지.'

잊을 수 없는 암자와 어린 행자가 궁금하고 보고 싶어 견딜 수가 없었다.

그는 학원의 양해를 얻어 며칠 휴가를 내었다. 그리고 충주에 있는 월악산 산중턱의 암자를 다시 찾아갔다.

이날 비는 오지 않았다. 푸른 하늘과 뭉게구름이 아름답게 펼쳐져 있었다. 걷는 발걸음도 한결 가볍고 경쾌하다.

그렇게 산길을 오르던 그가 발걸음을 멈춰 세웠다. 저 위에 아담한 그 암자가 보였던 것이다.

그는 암자를 향해 합장을 한 후 한 걸음에 달려갔다.

한 노승이 마당을 쓸고 있었다. 행자가 말하던 그 노승이 틀림없어 보였다.

"작년 여름 여기서 하룻밤을 신세지고 간 사람입니다. 인사차 다시 찾아왔습니다."

노승이 그를 한번 바라보더니 아무 말 없이 다시 비질을 계속한다.

답답하지만 어쩔 수 없는 일이다.

한참을 그렇게 서 있는데 암자 안에서 낭낭한 예쿨 소리가 들려왔다. 귀에 익은 행자의 목소리다. 사내는 반가운 마음에 암자를 향해 한걸음에 뛰어 들어갔다.

"행자, 접니다. 작년에 왔었던—."

암자로 뛰어들던 그가 흠칫 발걸음을 멈춰 세웠다. 그는 얼어붙은 듯 그 자리에서 꼼짝도 못하고 서 있었다.

불상 앞에 붓으로 갈겨 쓴 이름 세 글자가 보였는데 놀랍게도 자신의 손에 의해 죽은 이진우의 이름이었던 것이다.

어린 행자는 자신의 손에 죽은 그 젊은 강도를 위해 불공을 드리고 있었던 것이다.